KB075688

심청전

부모를 위해 나를 버린다고?

물음표로
따라가는
인문고전

5

심청전

부모를 위해 나를 버린다고?

글 **문재용** | 그림 **김호랑**

지학사아르볼

《심청전》은 정말 효도 이야기일까?

《심청전》을 모르는 사람은 드물 것입니다. '효도'에 대해 말할 때 눈먼 아버지를 위해 목숨을 버린 심청 이야기를 빼놓을 수는 없지요.

그런데 막상 심청에 대한 글을 쓰려니 걱정이 앞섰습니다. 우리는 지금 '헬조선'이라는 말이 유행하는 시대를 살고 있습니다. 금수저니 은수저니 하며 부모의 재력을 따지게 되는 답답한 현실에서 자식의 의무를 강조하는 '효' 이야기라니요.

그리고 보니 소설 내용도 조금 허황되어 보입니다. 물에 빠진 심청이 용궁으로 간다거나 맹인이 눈을 번쩍 뜬다는 설정이 뜬금

없어 보였지요. 《심청전》에서는 실제로는 일어날 수 없는 일이 벌어지고 있었어요. 지금 우리가 처한 현실과 매우 동떨어진 소설이 아닐까 하는 생각이 들었습니다.

그러다 2017년에 개봉한 영화 〈미녀와 야수〉를 보고 생각이 달라졌습니다. 〈미녀와 야수〉는 외국의 매우 유명한 판타지 영화입니다. 그런데 곰곰이 생각하니 〈미녀와 야수〉와 《심청전》 사이에는 공통점이 있었어요. 예를 들어 영화의 주인공 벨은 아버지를 위해 위험에 뛰어들었지요. 마치 심청이 아버지를 위해 인당수에 빠진 것처럼 말이에요. 또한 심청이 수궁에 가서 용왕을 만나는 것처럼 이 영화 역시 요정과 마법이 등장하는 비현실적인 요소를 갖고 있었지요.

만약 디즈니가 《심청전》을 영화로 만든다면 어떨까요? 재미와 감동을 주는 훌륭한 판타지가 될 수도 있지 않을까요?

생각의 가지는 점점 뻗어 나갔고, 이런저런 물음표들이 생겨났습니다. 이를테면 심청의 '목숨값'에 대한 부분이 그렇습니다. 사람의 목숨을 사고판다는 것은 있을 수 없는 일이지만 분명 뱃사람들은 공양미 3백 석을 주고 심청의 목숨을 사 갔지요.

사실 공양미 3백 석은 당시 평범한 사람이 만지기 힘든 큰돈이었습니다. 뱃사람들이 큰돈을 무리하여 심청에게 내밀었다는 것은 몇백 년 전에도 사람의 목숨을 가벼이 보지 않았다는 말도 됩니다. (물론 사람을 제물로 바치는 것이 올바른지는 별개로 고민해 봐야 하겠지만요.) 그로부터 많은 시간이 흐른 지금, 우리는 과연 사람의 목숨이 존중받는 시대에 살고 있을까요? 이런 반성을 하게 됩니다.

《심청전》, 누구나 다 아는 고전이라고 생각했는데 다양한 시각에서 살펴보니 생각할 거리가 많았지요. 고전이란 '제목은 알지만 실제로 읽지는 않은 책'이라는 말이 있습니다. 평소 우리 모습을 떠올려 봐요. 고전 소설의 줄거리 정도만 알고 있어도 다 안다고 생각하기 일쑤지요.

또한 고전 소설을 현실과는 동떨어진 '호랑이 담배 피우던 시절의 옛날이야기' 정도로 치부하고 박한 평가를 내리기도 합니다. 따지고 보면 《심청전》을 비롯한 판소리계 소설들은 조선 후기에 만들어져서 그리 오래되지 않았는데도 말이에요.

자, 지금부터는 편견과 선입견에서 벗어나서 고전을 새로운 시각으로 바라봅시다. 사람의 목숨에 값을 매길 수 있을까요? 심 봉사와 같은 조선 시대의 시각 장애인은 어떻게 살았을까요? 목숨을 버린다고 효녀일까요? 물음표를 따라가다 보면 《심청전》이 먼 옛날의 이야기가 아니라 바로 오늘의 이야기가 될 수 있음을 알 수 있습니다.

《심청전》을 통해 생각을 한 뼘 더 키울 수 있었으면 좋겠습니다. 또한 팍팍한 세상에서 따뜻하고 바른 마음을 간직하는 계기가 되길 바랍니다.

● 문재용

Part 1 | 고전 소설 속으로

　고전을 아름다운 그림과 함께 담아냈습니다. 원전에 충실하면서도 어려운 단어를
최대한 줄이고 쉽게 풀이하여, 재미난 이야기를 마주하듯 술술 읽을 수 있도록 했
습니다.

Part 2 | 물음표로 따라가는 인문학 교실

고전은 오늘의 우리를 비추는 거울이며, '인문학'을 담고 있는 그릇입니다. 이 책은 고전의 재미를 더하고, 우리 고전을 인문학적인 관점에서 바라볼 수 있도록 구성되었습니다.

● **고전으로 인문학 하기**

고전 소설을 읽고 나면 머릿속에는 여러 질문들이 떠올라요. 물음표에 대한 답을 따라가 보세요. 배경지식이 쑥쑥 늘어날 거예요.

● **고전으로 토론하기**

고전의 내용에 기반한 가상 대화가 이어집니다. '고전으로 토론하기'를 통해 다르게 생각하는 힘을 길러 보세요.

● **고전과 함께 읽기**

함께 읽으면 더욱 좋은 문학, 영화, 드라마 등을 소개합니다. 비슷한 주제가 다른 작품에서는 어떻게 표현되었는지 살펴보고 생각의 폭을 넓히세요.

차
례

Part 1 | 고전 소설 속으로

Part 2 | 물음표로 따라가는 인문학 교실

심
청
전

고전 소설 속으로

우리 고전 소설의
재미와 **감동**을
오롯이 느껴 봅시다.

●

심 봉사가 어쩔 줄 모르고 기뻐하는데

곽씨 부인이 정신을 차리고 물었다.

"여보시오, 봉사님. 아들이요, 딸이오?"

"손이 나룻배 지나듯 거침없이 지나가는 걸 보니 귀한 딸이오."

●

선녀가
학을 타고 내려오다

    송나라 말년, 황주 도화동에 심학규라는 사람이 살았다. 심학규는 대대로 벼슬을 지낸 이름난 집안 출신이었다. 그러나 형편이 점점 기울고 그의 나이 스물이 못 돼 눈마저 머니, 벼슬길은 멀어지고 살림살이는 더욱 어려워졌다. 이제 누구 하나 제대로 그를 알아주는 이 없이 그저 '심 봉사'로 불리었다.

    아내 곽씨 부인은 어질고 지혜로운 여자였다. 책 읽기를 좋아하고 이웃과 화목하며 특히 아랫사람에게 늘 따뜻함을 잃지 않았다.

    하지만 심 봉사가 눈먼 가장인 데다가 물려받은 논밭 하나 없으니 이를 어쩌랴? 끼니를 잇기도 어려워지자 곽씨 부인은 몸소 품을 팔았다. 하루 종일 쉴 새 없이 바쁘게 움직였다. 바느질은 물론 망건* 꾸미기, 갓끈 접기, 빨래하여 풀 먹이기, 이부자리와 베개 수놓기, 혼인이나 장례 때 음식 차리기, 파랑, 빨강, 노랑, 하양 등 온갖 색깔로 염색하기 등등 곽씨 부인은 일을 가리지 않았다. 일 년 삼백예순 날 한시도 놀지 않았고, 품을 팔아 힘들게 모은 돈으로는 제사를 받들고 한결같이 남편을 공경하니 사람들이 모두 곽 씨 부인을 칭찬했다.

하루는 심 봉사가 곽씨 부인에게 말했다.

"여보, 내가 전생에 무슨 덕을 지어 당신을 만났는지……. 앞 못 보는 나를 어린아이 받들 듯 배고플까 추울까 밤낮으로 돈을 벌어 옷이며 밥이며 극진히 보살피니, 나는 편하지만 당신 고생이 말이 아니오. 이제부터는 나한테 너무 신경 쓰지 말고 되는대로 살아갑시다."

"아내로서 마땅히 할 일을 한 것뿐인데요, 뭐."

심 봉사가 가까이 다가가 곽씨의 손을 잡고 말했다.

"그런데 말이오."

"예, 말씀하세요."

"한 가지 마음에 걸리는 게 있어서 말이오. 우리가 마흔이 되도

---

* **망건** 상투를 튼 사람이 머리카락을 걷어 올려 흘러내리지 않도록 머리에 두르는, 그물처럼 생긴 물건.

록 자식이 없어 조상 제사를 끊게 되었으니, 저승 가서 무슨 면목으로 조상을 만나 뵐지 걱정이오. 게다가 우리가 죽으면 장례는 누가 치러 주고, 해마다 제삿날엔 밥 한 그릇 물 한 모금 누가 있어 차려 주겠소? 그러니 우리 마지막으로 이름난 산과 큰 절에 지성으로 빌고 빌어 평생 한을 풀어 봅시다."

이에 곽씨가 대답했다.

"옛글에 이르기를, 불효한 일 삼천 가지 가운데 자식 못 낳는 일이 가장 크다 했으니 우리에게 자식 없음은 다 제 탓이지요. 저야말로 자식 두고 싶은 마음이 간절하니, 지금부터 말씀대로 지성으로 공을 들이겠습니다."

이렇듯 뜻을 나눈 두 내외는 그날부터 품을 팔아 모은 재물로 온갖 공을 다 들였다.

명산대찰* 부처님에게도 빌고, 보살님, 미륵님은 물론 오래된 사당과 서낭당*을 다 찾아다녔다. 심지어 집에 있는 날에는 부엌과 집을 지키는 조왕신께도 극진히 빌고 비니 공든 탑이 무너지며 심은 나무가 꺾이겠는가?

갑자년 사월 초파일에 곽씨 부인이 꿈을 꾸었다. 주위에 온통

---

* **명산대찰** 이름난 산과 큰 절.
* **서낭당** 서낭신을 모신 집.

상서로운 기운이 어리고 무지개가 영롱한데, 어떤 선녀가 하늘에서 학을 타고 내려오더니 부인에게 공손히 절을 하며 말했다.

"저는 본래 서왕모*의 딸이었는데, 옥황상제님께 죄를 지어 인간 세계로 내쳐지게 되었습니다. 갈 곳을 모르던 중, 석가여래*님과 보살님들이 부인의 집을 점지하여 주셨으니 제발 어여삐 받아 주소서."

말을 마친 선녀가 품 안으로 뛰어들었다. 곽씨 부인이 깜짝 놀라 깨어나니 한바탕 꿈이었다. 곧바로 심 봉사에게 꿈 이야기를 했는데, 놀랍게도 두 사람의 꿈이 꼭 같았다.

과연 그달부터 곽씨 부인에게 태기가 있었다. 부인은 그 이후로 더욱 마음을 바르게 하고, 바르지 않은 자리에는 앉지를 않고, 나쁜 것은 보지를 않으며, 비뚤어진 자리에는 앉지를 않았다. 이렇게 열 달이 지나자 드디어 아이가 나올 기미가 보였다.

"애고 배야, 애고 허리야!"

늦은 나이에 아이를 낳다 보니 곽씨 부인의 고통이 이만저만이 아니었다. 안타깝게도 심 봉사는 없는 살림에 할 수 있는 것이 딱히 없었다. 그저 짚 한 줌, 정화수 한 사발을 소반에 받쳐 놓고 단

---

* **서왕모** 중국 신화에 나오는 여신으로, 죽지 않고 오래 살게 만드는 약을 가진 선녀.
* 석가여래는 '석가모니'를 신성하게 이르는 말이다.

정히 꿇어앉았다.

"비나이다. 비나이다. 삼신* 앞에 비나이다. 곽씨 부인 노산이니 순산하게 하옵소서."

그런데 갑자기 향내가 방에 가득하고 오색 무지개가 둘러 정신이 가물가물하더니, 아이 울음소리가 크게 들렸다.

심 봉사가 어쩔 줄 모르고 기뻐하는데 곽씨 부인이 정신을 차리고 물었다.

"여보시오, 봉사님. 아들이요, 딸이오?"

심 봉사가 크게 웃고 아기의 아랫도리를 만져 보더니 말한다.

"손이 나룻배 지나듯 거침없이 지나가는 걸 보니 귀한 딸이오."

바라고 바라던 아이를 얻었지만 곽씨 부인은 조금 아쉽고 서운했다. 곽씨 부인이 혼잣말로 힘없이 중얼거렸다.

"아들이면 좋았을 텐데. 늘그막에 그리 공을 들여 얻은 자식이 딸이라니······."

심 봉사가 위로의 말을 건넸다.

"마누라, 그런 말 절대 마오. 딸이라도 잘 키우면 어느 아들이 부럽겠소? 우리 이 딸 고이 길러 예절 먼저 가르친 뒤 바느질이며 길쌈이며 두루 시켜 요조숙녀를 만듭시다. 그래서 걸맞은 짝을 얻

* **삼신** 아기를 점지하고 산모와 태어난 아이를 돌보는 신.

으면 시집을 보낸 다음 외손에게 제사를 지내게 하면 되잖소?"

말을 마친 심 봉사는 쌀밥과 미역국을 얼른 지어 삼신상에 바쳤다. 그리고는 단정히 옷을 갖춰 입은 뒤 두 손 모아 다시 빌었다.

"비나이다. 비나이다. 삼십삼천, 도솔천, 제석님께 비오니, 삼신 제왕님네 모두 한마음으로 살피소서. 사십 넘어 점지하신 자식 이렇게 순산하니 이 모두가 삼신님네 덕이 아니신가? 오직 하나뿐인 딸이오니 끝없는 복을 더하시어 이런저런 잔병 없고 탈 없이 크게 해 주소서."

기도를 마친 심 봉사는 더운 국밥을 퍼다 산모를 먹인 뒤, 혼잣말로 우는 아기를 달랬다.

금자동아, 옥자동아. 어화둥둥 내 딸이야.
죽었던 숙향이 네가 되어 살아왔나.*
은하수 직녀성이 네가 되어 내려왔나.
논과 밭을 장만한들 이보다 더 반가우며,
산호 진주 얻었던들 이보다 더 반가울까.
어디 갔다 이제 왔나 어화둥둥 내 딸이야.

---

* 숙향은 《숙향전》의 여주인공이다. 《숙향전》은 전쟁고아로서 술집에 머무르던 숙향과 양반 사대부가의 귀공자인 이선 사이의 사랑을 담은 소설이다.

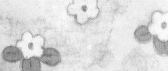

　　　　　　　　　●

"애고애고, 마누라, 참으로 죽었는가?

그대 살고 나 죽으면 저 자식을 키울 것을,

내가 살고 그대 죽어 저 자식을 어찌 키우잔 말인가?"

　　　　　　　　　●

황천으로 가는 길에는
주막이 없으니

좋은 일에는 탈도 많은 법인지 곽씨 부인은 아이를 낳은 뒤에 기어이 탈이 났다. 워낙에 노산인 데다 몸조리도 못 하고 집안일 바깥일 가리지 않고 하느라 찬바람을 많이 쐬어 병이 난 것이다.

"애고 배야, 애고 머리야, 애고 가슴이야, 애고 다리야!"

곽씨 부인이 끙끙 앓으니, 심 봉사 기가 막혀 온몸을 만져 주며 걱정한다.

"정신 차려 말을 하오. 체했는가, 삼신님이 노했는가?"

부인의 병세에 차도가 없자 겁을 먹은 심 봉사는 의원을 불러 진맥을 하고 약을 썼다. 하지만 죽을병에는 약이 없는지 아무리 애를 써도 별 차도가 없었다. 병세가 깊어져 살아나지 못할 줄을 예

감한 곽씨 부인은 남편의 손을 잡고 마지막 말을 건넸다.

"서방님, 우리 둘이 서로 만나 백년해로를 약속했는데 여기까지진가 봅니다. 그동안 가난한 살림에 혹시라도 당신에게 소홀할까, 앞 못 보는 가장이라고 당신 뜻을 거스를까 조심조심 살아왔어요. 추위와 더위 안 가리고 아랫동네 윗동네 품을 팔았고 밥이랑 반찬을 얻으면 식은 밥은 내가 먹고 더운밥은 낭군을 드려 배고프지 않게, 춥지 않게 극진히 받들었지요. 하지만 타고난 운명이 그러니 어쩌겠어요?"

"여보, 마누라. 왜 그런 약한 말을 하시오. 병이 든다고 다 죽으면 살아 있을 사람이 누가 있겠소? 곧 자리를 털고 일어날 수 있을게요."

심 봉사가 위로의 말을 건넸지만 곽씨 부인은 혼잣말처럼 중얼거렸다.

"이제 내가 죽고 나면 의지할 사람 하나 없는 눈 어두운 우리 가장 어찌할까. 한 손엔 바가지 들고 다른 손엔 지팡이 부여잡고 더듬더듬 나아가다 구렁텅이에 빠지고 돌부리에 자빠져서 신세 한탄 우는 모습 눈으로 보는 듯, 집집마다 찾아가서 밥 달라는 슬픈 소리 귀에 쟁쟁 들리는 듯……. 나 죽은 뒤 혼백인들 차마 어찌 듣고 보나. 또 명산대찰에 빌고 빌어 사십에 낳은 자식, 어미 없는 어린것이 뉘 젖 먹고 자라나나. 우리 낭군 제

한 몸도 주체를 못 하는데 저 핏덩이는 어찌하나? 멀고 먼 황천길
눈물겨워 어찌 가며, 앞이 막혀 어찌 갈까?"

곽씨 부인 숨이 찬지 긴 한숨 끝에 말을 이었다.

"여보, 서방님. 내 말 잘 들으세요. 저 건너 이 서방네 돈 10냥
맡겼으니 그 돈 찾아다가 초상 치르는 데 보태 쓰세요. 아이 낳고
먹으려던 쌀은 광 안에 두었으니 양식으로 쓰시고, 진 어사 댁 관
복 한 벌은 보자기에 싸서 아래 농에 두었으니 나 죽어 초상 뒤에
찾으러 오거든 염려 말고 내어 주시고요. 건넛마을 귀덕 어미와는

절친한 사이였으니 어린 아기 안고 가서 젖을 먹여 달라 하면 그래도 괄시하지는 않을 겁니다. 하늘이 도와 이 아이가 죽지 않고 자라나, 아이가 내 무덤에 찾아와서 모녀 상봉해 준다면 죽은 혼이라도 더는 원이 없겠습니다. 서방님께서는 부디 귀하신 몸 지키시고, 이승에서 못다 한 인연은 이다음에 저승에서 다시 만나 이별 말고 사십시다.

애고애고, 잊은 게 하나 있어요. 저 아이 이름을 심청이라 지어 주고, 나 끼던 옥가락지 이 함 속에 있으니 심청이 자라거든 나를 본 듯 주세요."

곽씨 부인이 잡았던 심 봉사의 손을 뿌리치더니 어린 아기를 잡아당기며 말했다.

"천지도 무심하고 귀신도 야속하지. 네가 진작 생기거나 내가 좀 더 살거나 할 일이지, 너 낳자 나 죽으니 서럽기 짝이 없구나. 어미는 죽고 자식만 남으니, 생사 간에 무슨 죄냐? 이제 누구 젖을 먹고 살며 누구 품에서 잠을 잘까? 애고, 아가, 내 젖 마지막으로 먹고 어서어서 자라거라."

두 줄기 눈물이 흘러 얼굴이 온통 젖는다. 하늘은 나직하고* 검은 구름은 자욱한데, 한숨지어 생긴 바람은 가을 소슬바람이 되고,

* **나직하다** 위치가 낮다.

눈물 맺혀 오는 비는 보슬비가 되어 내린다. 수풀에 울던 새는 둥지에 고요히 머물러 있고, 시냇물은 돌돌돌 흐느끼듯 흘러가는데 딸꾹질 두세 번에 곽씨 부인 숨이 덜컥 떨어지니 심 봉사 그제야 부인이 죽은 걸 알고 발 구르며 슬퍼한다.

"애고애고, 마누라, 참으로 죽었는가? 그대 살고 나 죽으면 저 자식을 키울 것을, 내가 살고 그대 죽어 저 자식을 어찌 키우잔 말인가? 애고애고, 모진 목숨 살자 하니 무엇을 먹고 살며, 함께 죽자 한들 어린 자식 어찌할까?

마오 마오, 제발 죽지 마오. 평생 함께하다 같이 죽어 한데 묻히자더니 염라국이 어디라고 날 버리고 저것 두고 죽는단 말이오. 인제 가면 언제 오리. 겨울 지나 봄이 되면 친구 따라 오려는가, 여름 지나 가을 되면 달을 따라 오려는가. 꽃도 졌다 다시 피고 해도 졌다 돋건마는 우리 마누라 가신 데는 가면 다시 못 오는가?"

심 봉사 슬피 우는 소리에 도화동 사람들이 남녀노소 모여들었다. 곽씨 부인이 세상 떠났다는 사실을 알고는 다들 눈물을 흘리며 말을 했다.

"어질고 착하던 곽씨 부인이 고생 끝에 죽었다네. 알다시피 그 집엔 눈 어두운 가장에 핏덩이뿐이니 어쩌겠는가? 우리 동네 백여 집이 십시일반으로 장례나 치러 주세."

모든 사람의 의견이 하나로 모아져서 수의와 관을 마련하고 양

지바른 곳을 가려 사흘 만에 상여 떠날 때 모두 슬픈 소리로 상여
가를 불렀다.

원어 원어 원어리 넘차 원어
북망산*이 멀다더니 건넛산이 북망일세
원어 원어 원어리 넘차 원어
황천길이 멀다더니 방문 밖이 황천이라.

구슬픈 상엿소리를 따라 상여가 움직였다. 심 봉사가 어린 딸을
포대기에 싸서 귀덕 어미에게 맡겨 둔 채 지팡이를 부여잡고 상여
를 쫓아가며, 쉰 목소리로 탄식을 했다.

"여보, 마누라. 내가 죽고 마누라가 살아야 어린 자식 살려 내
지. 천지에 몹쓸 마누라. 그대 죽고 내가 살아 이레밖에 안 된 어린
자식, 앞 못 보는 내가 어찌 키워 낼꼬. 애고애고."

심 봉사의 심정은 아랑곳없이 상여는 묘소에 도착했다. 시신을
안장하고 무덤을 만든 뒤에 마지막으로 제사를 지내는데, 심 봉사
가 서러운 심정으로 제문을 지어 읽었다.

* **북망산** 무덤이 많은 곳이나 사람이 죽어서 묻히는 곳을 이르는 말. 중국의 북망산에 무덤이 많았
다는 데서 유래한다.

아아, 부인이여. 아아, 부인이여.

곱고 우아하던 내 부인이여.

한평생 같이 살자 기약하더니

이 아이를 남겨 두고 어디로 떠나갔소.

깊은 산에 묻혀 자는 듯이 누웠으니

흐르는 눈물 피가 되어 옷깃을 적시지만

애끓는 마음으로 빌어 본들 살길이 없구나.

그대 생각 간절하나 바라 본들 어이하며

그대 잃고 탄식하니 누구를 의지할까?

울음소리 들리는 듯 무슨 말을 하소연한들

이승 저승 길이 달라 그 누가 위로하리

변변찮은 제물이나 많이 먹고 돌아가오.

심 봉사 제문을 읽고 나더니 숨이 넘어갈 듯 통곡을 했다.

"애고애고, 이게 웬일인고. 날 버리고 가는 부인 한탄한들 무엇 하겠냐만 황천으로 가는 길에 주막이 없다 하니 뉘 집에서 자고 갈까? 나도 따라가게 가는 곳을 알려 주오."

심 봉사의 슬픔은 끝이 없었으니 통곡이 좀처럼 멈출 줄을 몰랐다. 상황이 이러니 무덤까지 따라간 장례 손님들 모두 한마음으로 심 봉사를 말렸다.

"심 봉사, 이러지 마시오. 산 사람은 살아야지."

"어린 자식은 어쩌려고 이리 슬퍼만 한단 말이오?"

심 봉사는 사람들 손에 끌려서 겨우 집으로 돌아왔다.

．

"아버지, 까마귀 같은 짐승도 저녁이면 먹을 것을 물어다가

제 어미를 먹인답니다. 하물며 사람이 까마귀만 못하겠어요?

제 나이 예닐곱이나 되었는데 낳아서 길러 주신 은혜

이제 갚지 못하면 훗날 애통한들 부모 은덕을 어찌 갚겠어요?"

．

까마귀도
제 어미를 먹일 줄 아는데

　　심 봉사가 집이라고 돌아오니 부엌은 적적하고 방은 텅 비어 있다. 휑한 방 안에 홀로 누우니 그 마음이 어떠할까? 벌떡 일어나 이불을 만져 보고 베개를 더듬으니, 전에 덮던 이부자리 전과 같이 있지마는 독수공방 누구와 함께 덮고 잘까? 농짝도 쾅쾅, 바느질 상자도 덥석, 머리 빗던 빗도 던져 보고, 받은 밥상 더듬더듬 만져 보고, 부엌을 향해 공연히 불러도 보며, 이웃집 찾아가

　　"우리 마누라 여기 왔소?"

하고 물어도 본다. 어린 아기 품에 품고

　　"네 엄마가 참 무심하구나. 너를 두고 죽었지? 오늘은 젖을 얻어먹었지만 내일은 뉘 집에 가 젖을 얻어먹일까? 애고애고, 야속

한 귀신이 우리 마누라를 잡아갔구나."

이렇게 애통해하다가 마음 돌려 생각했다.

'죽은 사람은 다시 살아올 수 없는 법. 이 자식이나 잘 키워 내리라.'

다음 날부터 심 봉사는 아침 해가 돋을 적에 우물가에서 들리는 소리 얼른 듣고 나서면서 지나가는 아주머니 붙잡고 말했다.

"여보시오, 아주머님, 여보 아씨님네, 이 자식 젖을 좀 먹여 주오. 어미 없는 어린것이 불쌍하지 아니하오?"

이렇게 하면 심 봉사를 외면하는 이가 없었다. 육칠 월 김매는 여인 찾아가서 애걸하여 얻어먹이고, 시냇가에 빨래하는 데도 찾아갔다. 아기 배가 볼록하면 양지바른 언덕 밑에 쪼그려 앉아 좋아

라고 아기를 얼렀다. 아이 젖을 얻어먹이고 뉘어 놓은 뒤에는 사이
사이 동냥을 했다. 한 푼 두 푼 얻어 모아 아이 간식을 마련하는 와
중에도 제사는 빠짐없이 치르곤 했다.

심청이 장래 귀히 될 사람이라 천지 귀신이 도와주고 여러 부처
와 보살이 남몰래 도와주었는지, 잔병 없이 자라나서 제 발로 걸어
다니게 되었다.

세월이 물 흐르듯 지나가 심청이 어느덧 예닐곱 살이 되었다.
심청은 얼굴이 아름답고 행동이 민첩한 데다가, 생각이 남다르고
효행과 인자함도 으뜸이었다. 아침저녁으로 아버지 식사를 챙겨
드리고 어머니의 제사를 법도대로 할 줄 아니, 사람들이 효녀 났다

고 칭찬을 아끼지 않았다.

하루는 심청이 아버지께 여쭈었다.

"아버지, 까마귀 같은 짐승도 저녁이면 먹을 것을 물어다가 제 어미를 먹인답니다. 하물며 사람이 까마귀만 못하겠어요? 눈 어두우신 아버지 밥 빌러 다니다가 다치실까, 비바람 궂은 날과 눈서리 추운 날엔 병이라도 나실까 밤낮으로 염려됩니다. 제 나이 예닐곱이나 되었는데 낳아서 길러 주신 은혜 이제 갚지 못하면 훗날 애통한들 부모 은덕을 어찌 갚겠어요? 오늘부터는 제가 밥을 빌어다가 끼니를 마련하겠어요."

심 봉사가 웃으며 말했다.

"네 말이 참 갸륵하구나. 그러나 어린 너를 내보내고 내가 앉아서 받아먹는다면 내 마음이 편하겠느냐? 이제 그런 말 다시는 하지 말거라."

심청이 다시 여쭈었다.

"자로*는 어진 사람으로 백 리 길에 쌀을 져다 부모를 봉양했고, 순우의 딸 제영은 어린 여자였지만 낙양 감옥에 갇힌 아버지 대신 자기가 관가의 노비가 되겠다며 아버지를 구했다고 합니다. 그런 일을 생각하면 사람이 예나 지금이나 다르겠어요? 아버지께서는 고집하지 마셔요."

심 봉사가 말했다.

"기특하다, 내 딸아. 효녀로다, 내 딸아. 알겠다. 네 말대로 그렇게 하여라."

이때부터 먼 산에 해 비치고 앞마을에 연기 나면 심청은 밥을 빌러 나섰다. 헌 버선에 대님 차고, 뒤축 없는 신을 끌고, 헌 바가지 옆에 끼고, 노끈 매어 손에 들고, 엄동설한 모진 날에 추운 줄도 모르고, 이 집 저 집 문 앞 문 앞 들어가서 간절히 빌었다.

"어머니는 세상 버리시고, 우리 아버지 앞 못 보시는 것 모르시는 이 없겠지요. 십시일반이오니 밥 한 술 덜 잡수시고 도와주시면 눈 어두운 제 아버지 시장을 면하겠습니다."

보고 듣는 사람들이 감동하여 밥 한 술 떠 주기를 아끼지 않았다. 이때 심 봉사는 딸을 보내고 마음 둘 데 없어 탄식하다가 심청이 돌아오면 눈물을 글썽이며 말했다.

"애고애고 애달프구나 네 어머니, 무정하다 내 팔자야. 모진 목숨 구차히 살아 자식 고생만 시키는구나."

심청은 아버지를 극진히 위로했다.

"아버지, 그런 말씀 마셔요. 부모를 봉양하고 부모가 자식의 효도를 받는 건 사람의 도리이고 떳떳한 이치입니다. 그런 걱정일랑

---

* **자로**(기원전 543~기원전 480년) 중국 춘추 시대 노나라의 유학자. 공자를 섬겼던 제자로, 나랏일을 잘 돌보았다고 한다.

마시고 진지나 잡수셔요."

　이렇게 아버지 끼니를 챙기다 보니 심청은 춘하추동 사계절 없이 동네 거지가 다 되었다. 이러기를 한 해 두 해 서너 해가 지나가자 천성이 재바르고* 바느질 솜씨가 남다른 심청은 바느질을 하고 삯을 받아 더 이상 공밥을 먹지 않게 되었다.

　세월이 흘러 심청의 나이 열다섯이 되었다. 심청이 얼굴 빼어나

* **재바르다** 동작 따위가 재고 빠르다.

고 효행 뛰어나며 하는 일마다 비범하니 타고난 성품이지 가르쳐서 될 일인가? 여자 중의 군자요, 새 중의 봉황이었다. 이런 소문이 온 마을에 자자하니, 하루는 무릉촌 장 승상 부인이 몸종을 보내 심청을 만나고자 했다. 심청이 아버지께 여쭈었다.

"장 승상댁 어른이 부르시니 다녀오겠습니다. 제가 가서 혹 늦더라도 진짓상을 보아 두었으니 시장하시거든 잡수셔요."

심청이 몸종을 따라 장 승상댁 대문을 들어서니 왼편의 벽오동나무에서 맑은 이슬이 뚝뚝 떨어져 학의 잠을 깨우고, 오른편의 늙은 소나무에 맑은 바람이 건듯 부니 늙은 용이 꿈틀거리는 듯했다. 중문 안을 들어서니 창문 앞에 심은 화초는 빼어나기 그지없고 연못 속엔 연잎과 금붕어가 아름답다. 안중문 들어서니 규모도 굉장하고 대문과 창문에는 무늬가 찬란한데, 옷매무새 단정하고 살결이 깨끗하며 머리가 반쯤 센 부인이 반겨 맞이한다.

"네가 심청이냐? 네 모습이 과연 듣던 말과 같구나!"

부인이 심청을 자리에 앉힌 뒤 가련한 처지를 위로하며 자세히 살펴보니 그 모습이 타고난 미인이었다. 옷깃을 여미고 앉은 모습이 비 갠 맑은 시냇가에 목욕하고 앉은 제비가 사람 보고 놀라는 듯, 환한 얼굴은 하늘 가운데 돋은 달이 수면에 비친 듯, 두 뺨에 고운 빛은 늦은 봄 산자락에 연꽃이 새로 핀 듯했다. 바라보는 눈길은 새벽빛 맑은 하늘에 빛나는 샛별 같고, 두 눈의 눈썹은 초

승달 같았으며 흐트러진 머리털은 난초 같았다. 입을 벌려 웃는 모양은 모란 한 송이가 하룻밤 빗기운에 피고자 벌어지는 듯했고, 흰 이를 드러내어 말을 할 때는 한 마리 앵무새였다.

부인이 칭찬하기를

"전생의 일을 모를 테지만 너는 분명히 선녀로다. 네가 도화동에 내려오니 월궁에 놀던 선녀가 벗 하나를 잃었구나. 무릉촌에 내가 있고 도화동에 너 있으니, 무릉촌에 봄이 들고 도화동에 꽃이 피겠구나.

내 말을 들어라. 승상이 일찍 돌아가시고 두셋 있는 아들도 서울에 가 벼슬하니, 곁에 말벗 하나 없구나. 적적한 빈방에 대하느니 촛불이요 보느니 책이로다. 양반의 후예로 저렇듯 어려운 너의 신세 생각하니 어찌 아니 불쌍하랴. 내 수양딸이 되면 살림도 가르치고 글공부도 시켜 친딸같이 기를 것인데 네 뜻이 어떠하냐?"

심청이 일어나 두 번 절하고 여쭈었다.

"제 팔자 기구하여 태어난 지 7일 만에 어머니를 잃고 눈 어두운 아버지가 동냥젖을 얻어 저를 키우셨습니다. 오늘 승상 부인께서 제 미천함을 마다 않고 수양딸을 삼으려 하시니 어머니를 다시 뵌 듯 황송하고 감격스럽습니다. 부인의 말씀을 따르면 저는 부귀를 누리겠지만, 눈 어두운 아버지 음식 공양과 사철 의복 누가 돌봐 드리겠습니까? 부모님 은혜는 누구에게나 있지마는 제게는 더

욱 남다른 데가 있습니다. 제가 아버지 모시기를
어머니같이 모시고, 아버지 저를 믿기를 아들같이
믿사오니, 아버지 아니었다면 제가 이제까지 살았겠습
니까? 제가 만일 장 승상댁 딸이 되면 저희 아버지
남은 수명을 마칠 길이 없을 테니 서로 의지하여 제
몸이 다하도록 길이 모시려 합니다."

심청의 얼굴에 눈물이 점점이 맺혔다. 그 모습이 마
치 복사꽃에 맺혔던 빗방울이 봄바람에 떨어지
는 듯했다. 부인이 가련하여 등을 어루만지며
위로했다.

"효녀로다. 마땅히 그래야지. 늙고 정신없는
내가 미처 생각지 못했구나."

이야기가 오가는 가운데 어느덧 날이 저무니 심청이
승상 부인께 다시 여쭈었다.

"부인의 크신 덕을 입어 종일토록 모셨으니, 이제 돌
아가 아버지의 기다리시는 마음을 위로코자 합니다."

부인이 말리지 못하고 아쉬운 마음을 달래며 옷감과 양식을 내
어 주며 말했다.

"이제부터 내가 널 딸로 여길 것이니 부디 나를 잊지
말거라."

"부인의 고마운 뜻을 삼가 받들겠습니다."

심청이 절하며 하직하고* 급히 돌아왔다.

* **하직하다** 먼 길을 떠날 때
  웃어른께 작별을 고하다.

●

눈 어두운 설움이 어디 보통 설움인가?

심 봉사는 눈을 뜬단 말에 혹하여

집안 형편은 생각지도 않고 말했다.

"눈을 뜰 수 있다고요? 그게 정말이오?

정말로 눈을 뜰 수 있다면 3백 석을 적어 가시오."

●

공양미 3백 석을
지성으로 드리면

심 봉사는 홀로 앉아 심청을 기다리고 있었다. 허기가 져서 배는 등가죽에 붙을 것 같았고, 방은 추워 턱이 돌아갈 지경이었다. 멀리 절에서 저녁을 알리는 북소리가 들렸다.

"날이 저물었는데 심청이는 왜 오지 않는 걸까? 승상 부인에게 잡혀 못 오는가? 오는 길에 동무들에게 붙잡혀 있는가?"

기다리는 마음이 간절하다 보니 개가 짖는 소리에도,

"심청이 오느냐?"

반기고, 눈보라에 덜컹거리는 창문 소리에도

"심청이 너 오느냐?"

하고 반갑게 나가 보지만 텅 빈 마당엔 인기척이 없다. 참다못한 심 봉사는 막대 지팡이를 찾아 짚고 사립문을 나섰다. 더듬더듬, 비틀비틀, 힘겹게 한 걸음 한 걸음 옮기는데, 날은 춥고 바람은 차갑다. 그렇잖아도 웅크린 걸음걸이가 위태롭기만 한데 개천 옆을 걷다가 돌부리에 걸렸는지, 발을 헛디뎠는지 천지가 기우뚱하더니 그만 한 길이 넘는 개천에 누가 밀친 듯이 떨어지고 말았다.

"아이고, 나 죽네, 사람 살려!"

이미 얼굴은 흙투성이고 물에 젖은 옷은 얼음덩어리였다. 뒤뚱거리다 더 빠지고, 나오다가 또 미끄러져 하릴없이 죽게 생겼다. 아무리 소리친들 해는 저물고 행인은 끊겼으니 누가 심 봉사를 건져 줄까?

그래도 죽을 사람 구해 주는 부처님은 곳곳에 있는 법. 마침 몽운사 화주승이 절을 새로 지으려고 시주책을 둘러메고 내려왔다가 날이 저물어 절로 돌아가는 길이었다. 청산은 어둑어둑하고 눈 덮인 들판에는 달이 돋아 오는데 바람결에 애처로운 소리가 들렸다.

"사람 살려! 사람 살려요!"

화주승이 소리 나는 곳을 서둘러 찾아가니 어떤 사람이 개천에 빠져 다 죽게 되었다. 급한 마음에 대나무 지팡이도 바랑*도 바위 위에 휙 던져두고, 먹물 장삼* 실띠 달린 채로 벗어 놓고, 육날미투리*, 대님 버선도 훨훨 벗어 놓고, 급히 뛰어들어 심 봉사 고추 상투*를 덥석 잡아 들어 건져 놓으니, 전에 보던 심 봉사였다. 심 봉사가 정신 차려 묻기를

"게 뉘시오?"

하였고, 화주승이 대답하기를

"몽운사 화주승이오."

하였다.

"그렇지. 사람 살리는 부처로군요. 죽을 사람을 살려 주시니 은혜가 백골난망*이오."

화주승이 심 봉사를 업어다 방 안에 앉히고 물에 빠진 까닭을

---

* **바랑** 승려가 등에 지고 다니는 자루 모양의 큰 주머니.
* **장삼** 승려의 웃옷.
* **육날미투리** 짚신 바닥을 여섯 가닥으로 만든 신.
* **고추상투** 늙은이의 조그마한 상투를 비유적으로 이르는 말.
* **백골난망** 죽어서 백골이 되어도 잊을 수 없다는 뜻으로, 남에게 큰 은덕을 입었을 때 고마움의 뜻으로 이르는 말.

물었다. 심 봉사는 신세를 한탄하다가 앞뒤 사정을 다 말했다. 사연을 들은 화주승이 한숨을 쉬며 심 봉사에게 말했다.

"정말로 딱한 형편이군요. 우리 절 부처님은 영험하여 사람의 소원을 들어주는 힘이 있으시답니다. 빌어서 아니 되는 일이 없고 구하면 반드시 응답을 주십니다. 공양미 3백 석을 부처님께 올리고 정성을 다해 불공을 드리면 반드시 눈을 떠 천지 만물을 볼 수 있을 텐데……."

눈 어두운 설움이 어디 보통 설움인가? 심 봉사는 눈을 뜬단 말에 혹하여 집안 형편은 생각지도 않고 말했다.

"눈을 뜰 수 있다고요? 그게 정말이오? 정말로 눈을 뜰 수 있다면 3백 석을 적어 가시오."

화주승이 허허 웃었다.

"이보시오, 봉사님. 댁의 집안 형편에 3백 석을 무슨 수로 장만하시겠습니까?"

심 봉사가 홧김에 버럭 소리를 질렀다.

"여보시오. 어느 쇠아들*이 부처님께 적어 놓고 빈말하겠소? 눈 뜨려다가 앉은뱅이 되게요? 그런 걱정일랑 하지도 말고 얼른 적으시오."

* **쇠아들** 은정도 모르고 인정도 없는 미련하고 우둔한 사람.

난처해진 화주승이 괜한 이야기를 했나 싶어 망설이는데 심 봉사의 재촉이 빗발친다. 화주승이 할 수 없이 바랑을 펼쳐 놓고 시주책 제일 윗줄 붉은 칸에,

'심학규 쌀 3백 석.'

이라 적어 가지고 인사하고 갔다.

심 봉사, 화주승을 보내고 아무리 생각해 봐도 시주 쌀 3백 석을 마련할 길이 없었다. 복을 빌려다가 도리어 죄를 얻게 되었으니 이 일을 어찌할까 걱정이 태산이었다. 이 설움 저 설움, 묵은 설움, 햇설움이 한꺼번에 일어나니 심 봉사 기어이 근심을 견디지 못하고 울었다.

"애고애고 내 팔자야. 어떤 사람 팔자 좋아 눈과 귀가 온전하고 손발이 다 성하며 부부가 해로하고 자손이 그득하며 곡식도 그득하고 재물도 쌓여 있어 써도 써도 못다 쓰고 아쉬운 것 없건마는, 애고애고 내 팔자야, 나는 무슨 일로 맹인 되어 해와 달을 분별할 길 전혀 없고, 친한 이도 볼 수 없네. 우리 아내 살았으면 끼니 근심 없을 것을, 형편조차 가난하여 다 커 가는 딸자식을 온 동네에 내놓아서 품을 팔고 밥을 빌어 근근이 사는 터에, 공양미 3백 석을 호기 있게 적어 놓고 백 가지로 생각한들 방법이 없구나. 빈 단지를 기울인들 한 되 곡식 되지 않고, 장롱을 뒤져 본들 한 푼 돈이

어디 있나? 오두막집 팔자에는 비바람도 못 피하니 살 사람이 누구일까? 내 몸을 팔자 한들 한 푼 돈도 되지 않아 나부터도 안 사겠네. 앉은뱅이 곱사등이 서럽다 하더라도 부모처자 볼 수 있고, 말 못 하는 벙어리가 서럽다 하더라도 천지 만물 볼 수 있네. 애고 애고 내 팔자야, 세상에 나 같은 이 또 있는가?"

심 봉사 긴 한숨 쉬며 탄식하는데, 바쁘게 돌아오던 심청이 아버지가 서럽게 우는 모습을 보고 깜짝 놀랐다.

"아버지, 이게 웬일이에요? 무슨 일이 있으셨어요? 저를 찾아 나오다가 이러신 거예요? 아니면 이웃집에 가셨다가 그러신 거예요? 아니, 얼마나 추우셨어요? 장 승상댁 노부인께서 자꾸 잡으셔서 늦었어요."

발을 동동 구르던 심청은 치마폭을 걷어잡고 눈물 흔적을 씻어내며 부엌에 있는 나무로 불을 지폈다.

"아버지, 어서 진지 잡수세요. 더운 진지 가져왔으니 국을 먼저 드세요."

손을 끌어 가리키며 말한다.

"이것은 김치고, 이것은 자반이에요."

하지만 얼굴 가득 근심 띤 심 봉사는 밥 먹을 뜻이 조금도 없다.

"아버지, 왜 그러세요. 어디가 아프세요? 제가 늦게 와서 화가 나셨나요?"

"아니다. 너 알아 쓸데없다."

"아니, 그게 무슨 말씀이세요? 제가 알아서 쓸데없다니요? 아버지는 저만 믿고 저는 아버지만 믿어 크고 작은 일을 의논해 왔는데 말씀조차 않으시니 제 마음이 섭섭하네요."

심청이가 거듭 묻자 심 봉사가 그제야 마지못해 입을 뗀다. 심청이를 기다리다 갑갑하여 마중을 나갔다가 한 길이 넘는 물에 빠진 이야기며, 지나가던 몽운사 화주승이 목숨을 구해 준 이야기며, 공양미 3백 석을 진심으로 시주하면 생전에 눈을 떠서 천지 만물 보리란 말에 시주를 약속한 사정 이야기를 털어놓았다.

"홧김에 적어 놓고서 돌아와 생각하니, 한 푼 돈, 한 톨 쌀이 없는 터에 3백 석이 어디서 난단 말이냐? 도리어 후회로구나."

"아버지, 걱정 마시고 진지나 잡수세요. 후회하면 진심이 못 된답니다. 아버지 눈을 떠서 천지 만물 보신다면 공양미 3백 석을 어떻게 해서든지 마련해서 몽운사로 올리지요."

"네가 아무리 애를 쓴들 무슨 수가 있겠느냐?"

심청이 아버지를 위로한다.

"옛날에 왕상*이라는 사람은 얼음을 깨서 잉어를 얻었고, 곽거*

는 부모 위한 반찬을 해 놓으면 어린 자식이 상머리에 앉아 집어먹는다고 자식을 산 채로 묻으려 하다가 금항아리를 얻어 부모를 봉양했다 합니다. 제 효성이 비록 옛사람만은 못하지만 지성이면 감천이라니 공양미를 얻을 길이 있을 거예요. 너무 근심 마세요."

* **왕상** 중국 삼국 시대 위나라 말 때의 사람. 효심이 지극하여, 계모가 한겨울에 신선한 생선을 원하자 곧 강으로 가서 옷을 벗고 얼음 위에 누워 얼음을 녹여 고기를 잡으려고 하니, 두 마리의 잉어가 뛰어 나와 잡아 드렸다고 한다.

* **곽거** 중국 후한 때의 사람. 집이 가난하여 늙은 어머니가 굶주리는 것을 보고, 이를 면하게 하기 위하여 자식을 묻고자 땅을 파다가 황금 솥을 얻었다고 한다.

●

"닭아 닭아 울지 마라. 제발 울지 마라.

네가 울면 날이 새고 날이 새면 나 죽는다.

나 죽기는 서럽지 않으나 의지할 곳 하나 없는

우리 아버지 두고 어찌 가란 말이냐?"

●

제 몸으로 대신
아비 눈을 밝혀 주소서

심청이 큰소리는 쳤으나 무슨 뾰족한 수가 있겠는가? 아버지의
근심을 함께 나누는 수밖에…….

그날부터 심청은 몸을 깨끗이 하고 집을 청소한 뒤 뒤꼍에 단을
쌓았다. 밤이 깊어 사방이 고요해지자 심청은 등불을 밝히고 정화
수 한 그릇을 떠 놓고는 북쪽을 향하여 간절히 빌었다.

"아무 달 아무 날에 심청이 삼가 두 번 절하고 비옵니다. 하늘,
땅 그리고 해, 달, 별님, 산에 계시는 성황님, 물의 신 하백님, 부
처님, 보살님. 부디 소녀를 굽어봐 주소서. 하느님이 만드신 해와
달은 사람에게는 눈과 같습니다. 해와 달이 없으면 어떻게 세상 만
물을 분별할 수 있겠습니까? 저의 아버지 일찍이 눈이 어두워 사

물을 못 보니 아버지에게 허물이 있다면 제 몸으로 대신하여 아버지 눈을 뜨게 해 주소서."

하루는 마을에 이상한 소문이 떠돌았다.

남경 장사 뱃사람들이 값은 얼마든지 따지지 않고 열다섯 살 난 처녀를 사려 한다는 것이다. 심청이 그 말을 듣고는 귀덕 어미에게 부탁하여 이유를 물었다.

"남경 뱃사람들이 배로 남경을 오가며 장사를 하고 있는데, 인당수라는 바다를 꼭 지나야만 한대. 그런데 인당수는 바람과 파도가 몹시 세고 거칠어 무섭기 짝이 없다는구나. 이때 용왕님께 젊은 처녀를 제물로 바치면 바다가 잔잔해지고 아무 탈 없이 지날 수 있대. 그래서 사람의 도리는 아닌 걸 알면서도 젊은 처녀를 사려는 것이라네. 혹시라도 몸을 팔려는 처녀가 있다면 돈은 아끼지 않고 내겠다고 그러더구나."

심청이 반겨 듣고 뱃사람들을 찾아가 물었다.

"처녀를 산다는 말이 있던데 정말인가요?"

심청의 말에 뱃사람들이 다투어 대답했다.

"그렇소."

"맞습니다."

"혹시 몸을 팔 처녀를 아시오? 값은 얼마든 개의치 않소."

"저를 사실 수 있나요?"

"아가씨를요?"

"실례지만 아가씨는 무슨 일로 몸을 팔려 하시오? 부모님은 이 일을 알고 계시오?"

"저는 이 동네 사람으로 심청이라 합니다. 우리 아버지가 앞을 못 보시는데 몽운사 스님이 공양미 3백 석을 부처님께 바치고 지성으로 빌면 눈을 뜰 수 있다 했답니다. 아버지가 기쁜 마음에 공양미 3백 석을 바치기로 했지만, 집안 형편이 어려워 공양미를 장만할 길이 없습니다. 그래서 제 몸을 팔아 아버지의 소원을 이뤄 드리려 하니 저를 사 가면 어떠실는지요?"

심청의 효성에 놀란 뱃사람들이 심청의 처지를 몹시 측은하게 여겼다.

"얼굴도 예쁜 처녀가 마음씨는 더 곱구려!"

"아버지를 향한 효성이 정말 대단하오!"

또 다른 뱃사람이 말했다.

"아가씨의 처지가 몹시 안타까워 우리도 마음이 아프오. 하지만 우리도 어쩔 수 없어 사람을 구하는 중이니 아가씨의 뜻이 정말이라면 당장이라도 원하는 값을 내겠소."

뱃사람들은 두말없이 승낙하고는 그날로 쌀 3백 석을 몽운사로 날라다 주었다.

"오는 3월 보름날에 배가 떠나기로 되어 있습니다. 그때 다시 올 것이니 마음의 준비를 해 두시기 바랍니다."

뱃사람들은 심청에게 고개 숙여 인사를 하고는 떠나갔다.

물에 빠져 죽을 일은 아직 훗날의 일이라 일단 눈앞의 근심을 던 심청은 가벼운 마음으로 아버지에게 달려갔다.

"아버지, 아버지! 공양미 3백 석을 몽운사에 실어다 주었어요. 이제는 아무 걱정 안 하셔도 돼요."

심 봉사가 깜짝 놀라 외쳤다.

"뭐라고? 너, 그, 그 말이 무슨 말이냐? 공양미 3백 석을……
실어다…… 주었다고?"

심청이 어찌 아버지를 속이겠는가마는 어쩔 수 없는 형편이라
거짓말로 대답했다.

"전에 장 승상댁에 갔을 때 부인께서 저를 수양딸로 삼으려 하
셨습니다. 그때는 아버지를 혼자 두고 저만 갈 수 없다고 사양했지
요. 그러나 아무리 생각해도 공양미 3백 석을 마련할 길이 없어 노
부인께 다시 말씀드렸더니, 쌀 3백 석을 내어 주시기에 그 댁 수양
딸이 되기로 했습니다."

심 봉사는 심청과 떨어져 살 일이 아쉽긴 하지만 큰 걱정이 풀
려 기쁜 표정이다.

"정말 고마운 일이구나. 한 나라 재상의 부인이라 역시 마음 씀
씀이가 넓으시구나. 복을 많이 받겠어. 그러니 아들 삼 형제가 모
두 벼슬길에 나아갔겠지? 그나저나 돈을 받고 수양딸이 됐다는 게
좀 걸리지만 장 승상댁 수양딸이라면야 무슨 상관이 있겠느냐? 언
제 가느냐?"

"다음 달 보름날에 데려간다 합니다."

"어허, 그 일 매우 잘되었다."

심청이 그날부터 곰곰이 생각하니, 눈 어두운 아버지를 두고 죽
을 일과 사람이 세상에 태어나서 열다섯에 죽을 일에 정신이 아득

했다. 밥도 먹히지 않고 일도 잡히지 않아 하루하루 걱정 속에 지
내는데, 받아 놓은 날은 점점 다가왔다.

'이러다간 안 되겠다. 이미 엎질러진 물이요, 쏘아 버린 화살인
데 시간을 이렇게만 보낼 수는 없어. 차라리 살았을 제 아버지 빨
래라도 해 두어야지.'

봄가을 옷과 여름옷은 빨아서 다려 놓고, 겨울옷은 솜을 넣어
보에 싸 농에 넣고, 이 일, 저 일, 죽을 준비를 하다 보니 배 떠나기
전날 밤이 되었다.

'죽기 전에 마지막으로 아버지 버선이나 만들어 드려야지.'

바늘에 실을 꿰어 드니 가슴이 답답하고 두 눈이 침침, 정신이
아득하여 하염없는 울음이 가슴속에서 솟아난다. 밤은 깊어 삼경*
이라, 은하수도 이미 기울어졌는데 촛불을 앞에 둔 심청이 두 무
릎을 마주 꿇고 한숨을 길게 내쉰다. 심청이 제아무리 효녀라도 어
떻게 마음이 온전할까? 하지만 아버지가 깰까 크게 울지도 못하고
흐느끼며 얼굴도 대어 보고 손발도 만져 본다.

"불쌍한 우리 아버지, 내일 내가 죽고 나면 누굴 의지하고 사실
까? 안타깝구나, 우리 아버지. 내가 철이 들고부터 밥 빌기를 놓
으시더니, 당장 내일부터 동네 거지 될 터인데 눈치인들 오죽하며

---

* **삼경** 하룻밤을 오경으로 나눈 것 중에 셋째 부분. 밤 열한 시에서 새벽 한 시 사이이다.

멸시인들 오죽할까? 초칠일에 어미 죽고 아비조차 이별하니 이런 일이 또 있을까? 세상에 슬픈 이별 많고 많아 모자 이별, 형제 이별, 친구 이별, 부부 이별, 별별 이별 많고, 살아 당한 이별이야 소식 들을 날이 있고 만날 날이 있건마는, 우리 부녀 이별이야 어느 날에 소식 알며 어느 때에 또 만날까? 돌아가신 어머니는 황천에 가 계시고 나는 이제 죽게 되면 수궁으로 갈 것이니, 수궁에서 황천 가기 몇 천 리, 몇 만 리나 될 것인가? 모녀간에 만나려도 어머

니는 나를 어찌 알며, 나는 또 어머니를 어찌 알리. 묻고 물어 찾아가서 모녀 상봉하더라도 아버지 소식을 물으실 터, 어떻게 대답할까?"

시간은 사람의 사정을 봐주는 법이 없어 새벽을 알리는 닭소리가 들려온다.

"닭아 닭아 울지 마라. 제발 울지 마라. 네가 울면 날이 새고 날이 새면 나 죽는다. 나 죽기는 서럽지 않으나 의지할 곳 하나 없는 우리 아버지 두고 어찌 가란 말이냐?"

어느덧 동녘이 밝아 온다. 심청이 마지막으로 아버지 진지를 지어 드리러 방문을 나서니 벌써 뱃사람들이 문밖에 서 있다.

"아가씨, 오늘이 배 떠나는 날이오."

"아가씨도 발걸음이 떨어지지 않겠지만 우리도 마음이 불편하니 얼른 가면 고맙겠소."

심청이 뱃사람들의 말을 듣고는 얼굴빛이 창백해지며 손발에 맥이 풀렸다. 목이 메고 정신이 어지러웠지만 정신을 차려 겨우 대답했다.

"나도 오늘이 배 떠나는 날인 줄 알고 있습니다. 하지만 내가 몸 판 것을 우리 아버지는 모르십니다. 만일 아시게 되면 큰 야단이 날 터이니 잠시만 기다려 주십시오. 마지막으로 진지나 잡숫는 걸 보고 떠나겠습니다."

"그리하시지요."

심청이 눈물로 밥을 지어 아버지께 올리고는 상머리에 마주 앉아 생선 반찬도 떼어 입에 넣어 드리고, 김도 싸서 수저에 놓아 드린다.

"아버지, 많이 잡수세요."

아무 영문도 모르는 심 봉사는 신이 나서 말했다.

"아, 오늘은 반찬이 유난히 좋구나. 뉘 집 제사 지냈느냐? 근데 아가, 이상한 일도 있더구나. 간밤에 꿈을 꾸니, 네가 큰 수레를 타고 한없이 가더구나. 수레라 하는 것이 귀한 사람이 타는 것인데 우리 집에 무슨 좋은 일이 있으려나 보다. 그렇지 않으면 장 승상 댁에서 너를 가마에 태워 데려가려는 꿈인가?"

심청은 자기가 죽을 꿈인 줄 짐작하고 거짓말로 둘러댔다.

"아버지, 그 꿈이 아주 좋습니다."

아침상을 물리고 담배를 태워 드린 뒤에 밥상 앞에 앉으니 저도 모르게 눈물이 솟아 나왔다. 아버지 신세를 생각해도, 자기가 죽을 일을 생각해도 그저 몸이 떨려 정신이 아득했다. 심청은 다시 세수를 하고 사당 문을 열어 조상님들께 하직 인사를 올렸다.

"못난 자손 심청이가 조상님들께 고합니다. 저는 앞 못 보는 아비 눈을 뜨게 하려 공양미 3백 석에 인당수 제물로 몸을 팔고 말았습니다. 제가 죽고 나면 누가 있어 조상님들께 제사를 지낼까 부끄럽고 두렵습니다. 부디 조상님들께서 홀로 남은 아버지를 굽어살펴 주시기를 간절히 바랍니다."

사당 문을 나선 심청이 아버지에게 하직 인사를 하려다 슬픔이 북받쳐 기절을 하고 말았다. 영문을 모르는 심 봉사는 심청의 손을 잡고 깜짝 놀라 외친다.

"아가, 아가. 이게 웬일이냐? 왜 그러느냐? 정신을 차려 말을 해 보거라."

심청이 겨우겨우 정신은 차렸지만 몸이 벌벌 떨리고 가슴이 꽉 막혀 입이 떨어지지를 않는다.

"아가, 도대체 무슨 일이야?"

심청이 끝내 터져 나오는 울음을 어쩌지 못하고 흐느껴 말했다.

"아버지, 못난 딸자식이 아버지를 속였어요. 공양미 3백 석을 누가 제게 주겠어요? 남경 뱃사람들에게 인당수 제물로 몸을 팔아 오늘이 떠나는 날이니, 이제 저를 마지막으로 보시는 거예요."

심 봉사 이 말 듣고 갑자기 기가 막혀 소리를 지른다.

"애고애고, 이게 웬 말이냐? 참말이냐, 정말 참말이야? 이게 무슨 말이야?"

공양미 3백 석이 얼마나 큰돈인지, 왜 아침 반찬이 그리도 많았는지 심 봉사는 그제야 일이 돌아가는 형편을 깨닫고는 오열한다.

"못 가리라, 못 가리라. 네가 나더러 묻지도 않고 네 맘대로 한단 말이냐? 네가 살고 내가 눈을 뜨면 그는 마땅히 할 일이나, 자식 죽여 눈을 뜬들 그게 차마 할 일이냐? 네 어머니 너를 낳고 초이레에 죽은 뒤에, 눈 어두운 늙은 것이 품 안에 너를 안고 동냥젖 얻어먹여 네가 이만치 자랐는데, 이 말이 무슨 말이냐? 내 눈을 팔아 네가 산다면 모를까, 너를 팔아 눈을 뜬들 무엇을 보러 눈을 뜨겠느냐? 너하고 나하고 함께 죽자. 아내 죽고 자식 잃고 내 살아서 무엇을 하겠느냐?"

심 봉사 이번에는 마당으로 달려 나와 뱃사람들을 향해 야단을 친다.

"네 이놈, 상놈들아! 장사도 좋지마는 사람 사다 제사하는 이런 법이 어딨느냐? 하느님의 어지심이 있거늘 어찌 재앙이 없겠느냐? 철모르는 어린아이 나 모르게 유인하여 값을 주고 산단 말이냐? 돈도 싫고

쌀도 싫다. 네 이놈 상놈들아! 너희는 옛글도 모르느냐? 7년 큰 가
뭄에 사람 바쳐 하늘에 빌려 하니 어지신 탕 임금 '사람 죽여 빌 것
이면 내 몸으로 대신하리라.' 하였다. 이런 일도 있었으니 내 몸으
로 대신함이 어떠하냐? 여보시오! 동네 사람들. 저런 놈들을 그저
두고만 볼 작정이오?"

심청이 아버지를 붙들고 울며 위로한다.

"아버지. 이미 엎질러진 물이니 어쩔 수 없어요. 저는 죽더라도
아버지는 눈을 떠서 밝은 세상 보시고, 못난 딸은 잊으시고 착한
사람 구하셔서 아들 낳고 딸을 낳아 오래오래 평안히 사십시오. 이
또한 운명이니 후회한들 어쩌겠어요?"

심청의 효성과 심 봉사의 딱한 처지에 뱃사람들도 눈시울이
뜨거워졌다. 뱃사람들이 모여 앉아 의논을 했다.

"우리도 어쩔 수 없이 심 소저를 제물로 샀지만

봉사님 처지가 너무 딱하네그려. 심 소저의 효성을 생각해서라도 봉사님이 평생 굶지 않고 헐벗지 않을 만큼 도움을 드리면 어떻겠나?"

"좋습니다. 그렇게 합시다. 그러면 심 소저도 아버지 걱정을 덜 것이고, 우리도 마음이 좀 가벼워질 것 같습니다."

뱃사람들은 쌀 2백 석과 돈 3백 냥, 그리고 무명과 삼베 각 한 묶음을 마을에 들여놓고, 동네 사람들에게 당부했다.

"쌀 2백 석과 돈 3백 냥입니다. 돈 3백 냥은 부디 착실한 사람에게 이자를 주어 늘려 주십시오. 그리고 쌀 2백 석 가운데 20석은 올해 양식으로 쓰게 하시고, 나머지는 빚을 주어 봉사님 양식이 떨어지지 않도록 부탁드립니다. 무명과 삼베로는 철마다 의복을 장만해 드리시고, 이런 내용을 공문으로 만들어 관청에도 알려 주십시오."

모든 일을 매듭짓고 심청이 떠나려 할 때, 장 승상댁 부인이 그제야 소식 듣고 몸종을 급히 보내 심청을 불렀다. 심청이 몸종을 따라가니 승상 부인이 손을 붙잡고 말했다.

"이 무정한 아이야. 나는 너를 자식으로 여겼는데 너는 나를 남으로만 여기는구나. 쌀 3백 석에 몸이 팔려 죽으러 간다니, 효성은 지극하다만 과연 네가 살아 아버지를 받드는 것만 하겠느냐? 내 쌀 3백 석을 당장 내어 줄 것이니 뱃사람에게 도로 주고 당치 않은 생각일랑 다시는 하지 말거라."

심청이 부인께 여쭈었다.

"마님, 애초에 말씀 못 드린 것을 이제 와 후회한들 무엇하겠습니까? 그렇지만 부모를 위해 공을 올린다면서 명분 없는 재물을 바라는 게 말이 되겠습니까? 또 이미 약속을 정한 뒤에 다시 약속을 어기는 것은 못난 사람들이나 하는 짓이니 말씀은 감사하나 따르지는 못하겠습니다. 하물며 뱃사람들이 낭패를 당할 일이 뻔한데 값을 받고 몇 달이나 지난 뒤에 어떻게 쌀 3백 석을 도로 내어 주겠다 하겠습니까? 마님의 하늘 같은 은혜와 고마우신 말씀은 저승에서라도 꼭 결초보은*하겠습니다."

울며 말하는 심청의 말투가 자못 엄숙했다. 부인이 심청의 마음을 되돌릴 수 없음을 알고는 더 이상 말리지도 못하고 그렇다고 잡은 손을 놓지도 못한 채 안타까워했다. 심청이 겨우 부인과 헤어져 심 봉사에게 하직 인사를 하니 심 봉사가 심청을 붙들고 뒹굴며 말했다.

"네가 날 죽이고 가지 그냥은 못 가리라. 날 데리고 가거라. 너

---

* **결초보은** 죽은 뒤에라도 은혜를 잊지 않고 갚음을 이르는 말. 중국 춘추 시대에, 진나라의 위과가 아버지가 세상을 떠난 후에 유언에 따라 아버지의 첩을 다른 곳에 시집보내 죽지 않게 하였더니. 그 뒤 싸움터에서 그 첩의 아버지 혼이 적군의 앞길에 풀을 묶어 적을 넘어뜨려 위과가 공을 세울 수 있도록 하였다는 고사에서 유래했다.

혼자는 못 가리라."

"아버지. 부녀간 천륜을 끊고 싶어 끊사오며 사람이 죽고 싶어 죽겠습니까? 액운이 막혀 있고 생사가 때가 있어 하느님이 하신 일이니 한탄한들 어쩌겠습니까? 인정에 붙들리면 떠날 수 없을 것이니 이만 가야겠습니다."

심 봉사에게 위로의 말을 마친 심청이 동네 사람들에게 아버지를 부탁했다. 심청이 치마끈 졸라매고 뱃사람들을 따라나서니 흐트러진 머리털은 두 귀 밑에 늘어지고 비같이 흐르는 눈물은 옷깃을 적셨다. 심청이 엎어지며 자빠지며 겨우겨우 나아갈 때 동네 남녀노소 모두 눈이 붓도록 울며 심청을 따라가다 마을 어귀에서 손을 놓고 헤어졌다. 심청이 저 살던 마을을 바라보며 구슬프게 혼잣말을 읊었다.

"아무개네 큰 아가, 이제 바느질 수놓기를 누구랑 함께하려느냐? 작년 오월 단옷날에 그네 뛰고 놀던 일을 행여 네가 기억하고 있느냐? 아무개네 작은 아가, 금년 칠월 칠석 밤에 함께 기도하자더니 이제는 허사로다. 언제나 다시 보랴? 너희는 팔자 좋아 부모님 모시고 잘 있거라. 앞산에 지는 꽃이 지고 싶어 지랴마는 어쩔 수 없는 일이니 누구를 탓하고 누구를 원망하리오? 값을 받고 팔린 몸은 돌아올 길이 전혀 없네."

●

심청은 치마폭을 뒤집어썼다.

그리고 몇 걸음 뒤로 물러섰다가는

우르르르르 달려 나가 바다에 휙 몸을 던지는데,

한 발이 배에 멈칫 걸리며 거꾸로 풍덩 빠졌다.

심청의 꽃 같은 몸이 곧바로 거친 풍랑 속에 휩쓸렸다.

●

애고애고 아버지,
나는 죽소

집 떠나는 심청의 발걸음이 오죽하랴. 한 걸음에 뒤돌아보고 두 걸음에 눈물을 짓느라 걸음은 더디기 짝이 없다.

사람들에 이끌려 겨우 강가에 다다르니 뱃사람들은 뱃머리에 판자를 깔아 심청을 태우고는 닻을 감고 돛을 달아 배를 띄웠다.

"어기야, 어기야, 어기양, 어기양."

구슬픈 노랫소리와 함께 북소리가 둥둥 울려 퍼졌다.

사공들은 일제히 노를 젓기 시작했고,

"어기야, 어기야, 어기양, 어기양."

심청을 태운 배는 물결을 타고 사뿐히 미끄러졌다.

이윽고 심청이 탄 배가 바다 한가운데로 나아갔다. 가까이 있던 큰 산들이 멀리 조그맣게 보였다. 물 위의 갈매기는 갈대숲으로 날아가고 북쪽의 기러기도 남으로 돌아가니 온 천지에 보이는 것은 그저 물뿐이었다.

'굽이치는 물줄기에 사람 자취 보이지 않고 노질하는 소리에 온갖 근심 담겨 있다던 옛 시인의 말은 바로 나를 두고 한 말이구나.'

끊임없이 들려오는 물소리 따라 심청의 머릿속으로 온갖 상념이 스쳐 갔다.

"해 저물어 저녁인데 내 고향은 어디인가,
안개 낀 강 언덕에서 시름겨워 하노라."

최호의 〈황학루〉라는 시의 구절이 떠오르기도 했고,

"달 지고 까마귀 울고 하늘엔 서리 가득한데,
강가 단풍나무, 고깃배 등불 마주하고 시름 속에 졸고 있네.
고소성 밖 한산사 한밤중 종소리가 객선까지 들려오네."

장계의 〈풍교야박〉이라는 시의 구절이 떠오르기도 했다.
처량하고 쓸쓸한 마음은 끝이 없는데 갑자기 향기로운 바람이
일어나며 노리개 소리 들리더니 수풀 사이에서 갓을 높이 쓴 두 부
인이 나왔다.
"저기 가는 심 소저야, 너는 나를 모르리라. 순임금* 돌아가신
뒤로 수천 년이 지났으나 오랜 세월 쌓인 깊은 한을 하소연할 곳
없다가, 지극한 너의 효성 기리기 위해 여기 왔노라. 멀고 먼 물길

* **순임금** 고대 중국의 전설적인 제왕. 효행이 뛰어나 요임금으로부터 천하를 물려받았다.

이니 조심하여 다녀오라."

말을 마치고는 온데간데없이 사라졌다. 심청은 '저들은 아황과 여영* 두 부인이구나.' 하고 생각했다.

갑자기 풍랑이 크게 치고 찬 기운이 돌며 검은 구름이 끼더니 또 한 사람이 나온다. 얼굴은 수레바퀴만 하고 두 눈 사이가 널찍한데 가죽으로 몸을 감싸고 있는 사람이다. 그는 심청에게 큰 소리로 말했다.

"슬프다. 오왕은 간신의 말만 믿고 내게 명검을 주어 스스로 내 목을 찔러 죽게 하고, 가죽 부대로 몸을 싸서 이 물에 던졌구나. 원통한 마음에 내 반드시 월나라 군사가 오나라를 멸망시키는 모양을 분명히 보려고, 내 두 눈을 빼어 동쪽 대문 위에다 걸어 두라 했더니 뜻대로 되었다. 그러나 내 몸에 감긴 가죽 누가 벗겨 줄까? 무엇보다 두 눈이 없으니 씻지 못할 한이로다."

이는 오나라를 섬겼던 오자서였다.

곧 구름이 걷히며 햇빛이 밝게 비치고 물결이 잔잔한데, 또 한 사람이 나왔다. 그는 얼굴색이 파리하고 깡말랐다.

"나는 초나라 굴원이라. 회왕을 섬기다가 모함으로 죽게 되었

---

* 아황과 여영은 중국 고대 요임금의 딸이다. 둘 모두 순에게 시집을 갔는데, 순이 나중에 임금이 되어 아황은 후가 되었고 여영은 비가 되었다. 뒷날 순임금이 죽자 아황과 여영은 물에 빠져 죽었다.

네. 내가 이 지경이 된 것은 모든 사람들이 더러운데 오직 나만 깨끗했기 때문이고, 모든 사람들이 취했는데 오직 나만 깨어 있었기 때문이라네. 그대는 부모 위해 효성으로 죽고, 나는 충성을 다하다 죽었으니 충효는 한가지라 그대를 위로하고자 왔노라. 바다 만 리 먼 길을 편안히 다녀가라."

심청은 어리둥절했다.

'물에서 잠을 잔 지 몇 밤이며 배에서 밥을 먹은 지 몇 날인가? 죽은 지 수천 년 되는 귀신들이 내 눈에 보이다니……. 나 또한 귀신인가? 분명 나 죽을 징조로구나.'

갑자기 한곳에 다다라 돛을 접고 닻을 내리니 바로 인당수였다. 하늘은 어둡고 바람은 거세며 파도가 높게 일었다. 마치 어룡이 싸우는 듯, 천둥이 치는 듯 바다가 거칠기 이를 데 없으니 너른 바다 한가운데 천 석 쌀 실은 배가 노도 잃고 닻도 끊어지고, 용총*도 부러지고 키도 빠지고, 바람 불고 물결쳐 안개와 비가 뒤섞였다. 그런데도 아직 갈 길은 천 리 만 리 남아 있고, 사방이 어둑하고 천지가 적막한데 배 어느 구석이 와지끈하고 위태하니 도사공* 비롯해 모두 겁을 먹어 정신이 달아날 것만 같았다.

* **용총** 돛대에 매어 놓은 줄. 돛을 올리거나 내리는 데 쓴다.
* **도사공** 뱃사공의 우두머리.

용왕의 분노에 두려움을 느낀 뱃사람들이 급하게 고사상을 차렸다. 섬 쌀로 밥을 짓고 술을 동이로 마련하는가 하면 큰 소 잡아 올려놓고 큰 돼지는 통째로 삶아 큰 칼을 꽂아 받쳐 놓았다. 또 삼색 실과 오색 탕수, 갖은 고기 식혜와 온갖 과일을 방향 맞춰 차려 놓았다.

곧 심청을 목욕시켜 흰옷으로 갈아입혀 제사상 머리에 앉힌 뒤에, 도사공이 앞에 나서 북을 둥둥 울리면서 고사를 시작했다.

"하늘에 계신 옥황상제님과 바다의 용왕님께 비나이다. 오늘 제사를 드리는 우리 스물네 명은 일찍부터 배를 타고 바다를 떠다니며 장사를 해 왔습니다. 인당수 용왕님은 사람 제물을 받기 때문에 황주 땅 도화동에 사는 15살 심청을 제물로 바치옵니다. 용왕님, 성황님 모두모두 굽어살피소서. 부디 천 리 만 리 머나먼 물길 떠다닐 때, 바다는 대야에 물 담은 듯하고, 장삿배는 무쇠배가 되게 하소서."

뱃사람들은 북을 둥둥 치면서 심청에게 말했다.

"심 낭자! 시각이 급하오. 어서 바삐 물에 드시오."

심청이 두 손을 합장하고 일어나서 마지막으로 기도를 한다.

"비나이다. 비나이다. 하느님 앞에 심청이 비나이다. 병든 아버지 깊은 한을 생전에 풀어 드리고자 이 죽음을 당하오니 천지신명은 어두운 아비 눈을 밝게 뜨게 해 주소서."

심청이 뱃사람들에게도 이별의 말을 건넸다.

"부디 평안히 가십시오. 반드시 큰 이문을 남겨 이 물가를 지날 때는 제 혼백 불러내어 물밥*이나 주십시오."

심청이 앞으로 나서 보니 티 없이 푸른 물이 콸콸 물거품을 일으키고 집채 같은 파도가 뱃전을 넘실넘실 스쳐 지나간다. 심청이 겁이 나고 기가 막혀 그 자리에 털썩 주저앉아 한동안 기절한 듯 엎어졌다가는 정신 차려 다시 일어난다.

"애고애고, 아버지 나는 죽소."

차마 용기가 나지 않는지 심청은 치마폭을 뒤집어썼다. 그리고 몇 걸음 뒤로 물러섰다가는 우르르르르 달려 나가 바다에 휙 몸을 던지는데, 한 발이 배에 멈칫 걸리며 거꾸로 풍덩 빠졌다. 심청의 꽃 같은 몸이 곧바로 거친 풍랑 속에 휩쓸렸다. 하지만 심청을 삼킨 인당수는 너른 바닷속에 그저 곡식 한 낟이 빠진 듯 아무런 흔적을 찾을 수 없었다.

밝은 달은 물속에 잠겨 빛을 잃었고 물소리만 요란한데, 심청이 뛰어들기를 재촉하던 뱃사람들도 멍하니 심청을 삼켜 버린 바다를 바라볼 뿐이었다.

곧 광풍이 잦아들고 물결도 잔잔해졌다. 자욱하던 안개마저 걷

---

* **물밥** 무당이 굿을 할 때에, 귀신에게 준다고 물에 말아 던지는 밥.

히니 맑은 아침처럼 날씨가 좋아졌다. 바다를 바라보며 도사공이
말했다.

"날씨가 개고 바람이 잦아드니 불쌍한 심 소저 덕이 아니겠는가?"

모두 같은 생각이었다. 이제 뱃사람들은 떠날 차비를 했다.

"술 한 잔씩 먹고 출발들 하세."

"어, 그러세."

'어기야, 어기야.'

　　　뱃노래 한 곡조에 돛을 올려 배는 남경으로 향했다. 순
풍을 만난 배는 시위를 떠난 화살처럼, 기러기 다리에 전
한 기별처럼 순식간에 남경에 다다랐다.

•

"어머니! 어머니를 만나게 되다니요!

저를 낳고 7일 만에 돌아가셔서 15년 동안 어머니 얼굴도

모르고 자란 것이 아주 깊은 한이었는데,

오늘 어머니를 만날 줄 어찌 알았겠습니까?

여기서 이렇게 어머니를 뵐 줄 알았다면

아버지도 저를 보내고 마음이 많이 놓였을 텐데요."

•

별천지 수궁에서
3년

　　인당수 거친 바다에 몸을 던진 심청은 너른 바다 속에 몸이 빠져 죽은 줄로만 알았다. 그런데 갑자기 무지개 영롱하고 향기가 코를 찌르더니 어디선가 맑은 피리 소리가 은은히 들려왔다. 죽었는지 살았는지, 꿈인지 현실인지 도무지 알 수 없어 머뭇거릴 때 용궁의 신하들과 병사들 그리고 선녀들이 백옥 가마를 마련해 두고 심청이 타기를 재촉했다.

　　심청이 정신을 차려 말했다.

　　"속세의 비천한 인간이 어찌 용궁의 가마를 타겠습니까?"

　　여러 선녀들이 대답했다.

　　"옥황상제의 분부가 지엄하시니 사양치 마시고 타시옵소서. 그렇지 않으면 우리 용왕님이 죄를 면치 못하실 것입니다."

사실은 심청이 인당수에 몸을 던지기 전날 옥황상제는 인당수 용왕과 사해용왕*, 지부왕*에게 일일이 명을 내렸다.

"내일 하늘이 내린 효녀 심청이 그곳에 갈 것이다. 반드시 심청의 몸에 물 한 점 묻지 않게 하라. 만일 소홀히 한다면 큰 벌을 면치 못할 것이니, 수정궁으로 모셔서 3년간 받들고 단장하여 세상으로 돌려보내라."

상제의 엄한 명령에 사해용왕과 지부왕이 모두 놀라 두려워했다. 곧 무수한 바다의 장군과 군사들이 모여들었다. 원참군 별주부, 승지 도미, 비변랑 낙지, 감찰 잉어며, 수찬 송어와 한림 붕어, 수문장 메기, 자가사리, 갈치, 방게 등 수군과 백만 물고기 병사가 심 낭자를 기다렸다. 아니나 다를까. 과연 옥 같은 심 낭자가 물로 뛰어들기에 지체할 것 없이 선녀들이 받들어 얼른 가마에 올린 것이었다.

심청이 마지못해 가마에 앉으니, 팔선녀가 가마를 멨다. 바다의 장군과 군사들은 가마를 좌우로 호위했고 푸른 학을 탄 두 동자는 앞길을 인도하여 바닷물에 길을 만들었다. 피리 소리며 해금 소리

* **사해용왕** 전설에서, 동서남북의 네 바다 가운데 있다고 하는 용왕.
* **지부왕** '염라대왕'을 달리 이르는 말.

며 풍악 소리가 수궁에 울려 퍼졌고, 하늘에서 온 신선과 선녀들은 심 소저를 보려고 늘어서 있었다. 하늘의 선녀와 신선은 학과 구름을, 신선은 고래를 타고 있었고, 달에 있는 궁에 산다는 선녀와 중국의 마고 선녀도 모두 모여 있었다.

　수궁으로 들어가니 인간 세계와는 완전 다른 별천지가 펼쳐졌다. 웅장하고 화려한 궁궐은 고래 뼈를 걸어서 대들보를 삼으니 신령스런 빛깔이 햇빛에 빛났고, 물고기 비늘을 모아서 기와를 삼으니 상서로운 기운이 공중에 어려 있었다. 산호 주렴*, 바다거북으로 만든 병풍은 광채가 찬란해 하늘의 빛과 어울렸고 비단 휘장은 구름같이 높이 쳐 있었다. 동쪽을 바라보니 대붕*이 하늘을 나는데 쪽빛보다 더 푸른 물이 가마를 두르고 있었고, 서쪽을 바라보니 푸른 물결 사이로 한 쌍 꾀꼬리가 날아들고 있었다. 이어서 북쪽을 바라보니 아득한 푸른 산이 비취색을 띠고 있었으며, 위쪽을 바라보니 상서로운 붉은 구름이 위로는 하늘로 통하고 아래로는 세상에 뻗쳐 있었다. 인간 세상에서는 절대 보지 못할 광경이었다.
　용궁의 음식 또한 세상 음식이 아니었다. 유리 소반 옥돌 상에

* **주렴** 구슬 따위를 꿰어 만든 발. 주로 무엇을 가리는 데 쓴다.
* **대붕** 하루에 구만 리를 날아간다는, 매우 큰 상상의 새.

유리 술잔, 호박 받침, 자하주, 천일주에 안주도 갖가지이고, 설탕 탄 단물은 물론 옥돌 소반에 반도 복숭아까지 담겨 있으니 신선 음식 아닌 것이 없었다.

심청이 수궁에 머물 적에 앞서 옥황상제의 명이 있었으니 무엇 하나 부족함이 있으랴? 용왕이 시녀를 보내 아침저녁으로 문안하고, 번갈아 당번을 서서 호위했으며, 수려한 시녀들은 밤낮으로 심청을 모시면서도 실수하지는 않을까 조심했다. 극진한 대접에 몸 둘 바를 모를 정도였다.

이때 무릉촌 장 승상 부인은 심청의 글을 벽에다 걸어 두고 날마다 살펴보고 있었다. 아무리 보아도 빛이 변치 않더니, 하루는 글 족자에 물이 흐르고 빛이 검게 변하는 것이 아닌가. 장 승상 부인은 깜짝 놀랐다.

'심 소저가 이제 물에 빠져 죽었는가?'

한없이 슬퍼 탄식하고 있는데, 이윽고 물이 걷히고 빛이 도로 황홀해지니 이상한 생각이 들었다.

'누가 구하여 다시 살았는가?'

하는 생각이 들다가도,

'어찌 그런 일이 있으리오?'

하며 안타까운 마음을 돌이켰다.

그날 밤 장 승상 부인은 심청의 혼을 위로하기 위해 계집종에게 제물을 들게 하여 강가로 갔다. 밤은 깊어 삼경인데 첩첩이 쌓인 안개는 산골짝에 잠겨 있고 강물에 어려 있었다. 조각배를 저어 배를 강 한가운데에 띄워 놓고 제사상을 차린 다음, 부인이 손수 잔을 부어 흐느끼며 심청의 혼을 불러 위로했다.

"아아, 슬프도다. 심 소저야. 죽기를 싫어하고 살기를 즐겨함은 인간이라면 당연한 일이거늘, 일편단심으로 길러 주신 아버지의 은덕을 죽음으로 갚았으니 이 일을 어쩌냐. 고운 꽃이 흐려지고, 나는 나비 불에 든 듯 어찌 아니 슬플쏘냐? 내 이제 한잔 술로 너의 넋을 위로하고 나의 슬픔을 달래고자 하니, 마땅히 너의 혼이 아니면 이 술이 없어지지 않으리라. 얼른 와서 이 술을 받기를 바라노라."

눈물 뿌려 통곡하니 천지 미물인들 어찌 감동치 않을까? 뚜렷이 밝은 달도 구름 속에 숨고 사납게 불던 바람도 숨을 죽이며 강물도 고요해졌다. 갑자기 강 가운데서 한 줄기 맑은 기운이 뱃머리에 어렸다가 잠시 뒤에 사라지더니 다시 날이 맑아졌다. 일어서서 바라보니 가득 부었던 잔이 반이나 줄어 있었다. 부인은 심청의 영혼이 응답한 줄로 여겨 반가운 마음이 들었으나, 한편으로는 심청이 이미 이 세상 사람이 아니라는 생각에 슬퍼졌다.

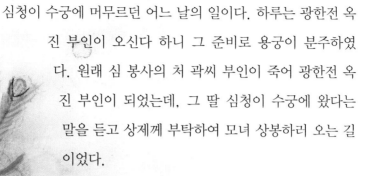

심청이 수궁에 머무르던 어느 날의 일이다. 하루는 광한전 옥진 부인이 오신다 하니 그 준비로 용궁이 분주하였다. 원래 심 봉사의 처 곽씨 부인이 죽어 광한전 옥진 부인이 되었는데, 그 딸 심청이 수궁에 왔다는 말을 듣고 상제께 부탁하여 모녀 상봉하러 오는 길이었다.

심청은 옥진 부인이 누군 줄 모르고 멀리 서서 바라볼 따름이었다. 무지개 어린 오색 가마는 예쁜 꽃을 좌우에 꽂았고, 시녀들은 곁에서 모시고 청학 백학들은 앞길을 인도하고 봉황은 춤을 추는데 난생처음 보는 장면이었다. 이윽고 옥진 부인이 가마에서 내려서며 심청을 불렀다.

"내 딸 심청아!"

이 소리에 심청은 그제야 자기 어머니인 줄 알고 왈칵 뛰어나갔다. 얼굴도 모르는 모녀가 서로 상봉하니 15년 만이었다.

"어머니! 어머니를 만나게 되다니요! 저를 낳고 7일 만에 돌아가셔서 15년 동안 어머니 얼굴도 모르고 자란 것이 아주 깊은 한이었는데, 오늘 어머니를 만날 줄 어찌 알았겠습니까? 여기서 이렇게 어머니를 뵐 줄 알았다면 아버지도 저를 보내고 마음이 많이 놓였을 텐데요."

부인이 울며 말했다.

"나는 죽어 귀히 되어 인간 세상의 생각이 아득하구나. 네 아버지 너를 키워 서로 의지하다가 너조차 이별했으니 너 오던 날 그 모습이 오죽했겠느냐? 네 아버지 가난에 찌든 그 모습이 어떠하냐? 많이 늙으셨겠지? 그간 재혼이나 하였느냐? 뒷마을 귀덕 어미 네게 극진하지 않더냐?"

부인은 얼굴도 대어 보고, 손발도 만져 보았다.

"귀와 목이 희니 네 아버지 같기도 하다. 손과 발이 고운 것은 내 딸이란 증표겠지? 네가 낀 옥가락지도 내 것이고, 이 붉은 주머니도 네가 찼구나? 이제 아버지를 이별하고 이 어미를 다시 보니 두 가지 다 이루기는 어려운가 보구나. 그러나 오늘 나를 다시 이별하고 네 아버지를 다시 만날 줄 어찌 알겠느냐? 나는 광한전 맡은 일이 너무도 분주해서 오래 비워 두기 어렵구나. 다시금 이별하니 애통하고 딱하다만 내 맘대로 못 하니 어떡하겠느냐? 후에라도 다시 만나 즐길 날이 있으리라."

옥진 부인 떨치고 일어서니 심청이 더 붙잡지 못하고 울며 하직했다.

한편 심 봉사는 죽지도 못하고 모진 목숨을 근근이 이어 가고 있었다. 자신의 턱없는 욕심과 한때의 객기 때문에 딸을 잃었다는 생각에 마음 편할 날이 없었다. 도화동 사람들도 심청을 위해 비석을 세우고 글을 새겨 넣어 지극한 효성을 기렸다.

앞 못 보는 아버지 위해
제 몸 바쳐 효도하러 용궁에 갔네.
안개 어린 바다에 마음만 떠 있으니
봄풀에 해마다 한이 서린다.

강가를 오가는 행인들 중 비문을 보고 눈물을 흘리지 않는 사람이 없었다. 심 봉사도 딸이 생각날 때마다 그 비석을 안고 울었다. 마을 사람들은 심청의 효성과 심 봉사의 처지를 안타깝게 여겨 뱃사람들이 맡기고 간 돈과 곡식을 착실히 불려 주었다. 덕분에 심 봉사의 집안 형편은 해마다 나아졌다.

이때 마을에는 뺑덕 어미라는 여자가 있었다. 심 봉사가 가진 돈과 곡식이 제법 된다는 소문을 듣고는 스스로 심 봉사의 첩이 되었는데, 행실과 입버릇이 몹시 나빴다. 쌀을 주고 떡 사 먹고, 베를 팔아 술 사 먹고, 정자 밑에서 낮잠 자고, 마을 사람에게 욕설하고, 일꾼들과 싸우고, 술 취하면 한밤중에 꺼이꺼이 목 놓아 울고, 빈 담뱃대 손에 들곤 보는 대로 담배를 청하고, 총각 보면 꼬리 치는 등 온갖 나쁜 행실을 다 갖추었다. 이렇듯 한시 반때도 쉬지 않고 남의 흉을 보고 서방질을 일삼으니, 마을 사람들로부터 손가락질을 받았다. 하지만 심 봉사가 어디 여자를 가릴 처지인가? 뺑덕 어미와 동침하는 재미로 같이 살다 보니 집안 살림이 점점 줄어들기만 했다.

심 봉사가 생각다 못해 물었다.

"이보소, 뺑덕이네. 우리 형편 착실하다고 그랬는데, 요즘은 형편이 아주 나빠졌다고 남들이 수군수군대니 이게 대체 어찌 된 일이오?"

뺑덕 어미 오히려 화를 내며 대답했다.

"아니, 봉사님. 저 양반이 저렇게 갑갑하다니까! 지금까지 잡수신 건 다 무엇이오? 식전마다 해장하신다고 드신 죽값이 여든두 냥이고……. 낳아서 키우지도 못한 것 밴다고 살구는 어찌 그리 먹고 싶던지 살구값이 일흔세 냥이고. 이래도 왜 살림이 줄어드는지 모르겠소?"

심 봉사 속은 타지만 헛웃음을 웃으며 말했다.

"야, 살구는 너무 많이 먹었네그려. 뭐, '계집 먹은 것은 쥐 먹은 것'이라 하니 따져 봐야 쓸데없지. 하지만 이제 다시금 빌어먹을 형편이라니 이를 어쩌오. 이 늙은 것이 다시 빌어먹다니, 동네 사람 부끄러워 어디 낯을 들고 다니겠는가? 우리 세간을 다 팔아 가지고 타향으로 가세."

"그러고 싶으면 그리합시다."

심 봉사와 뺑덕 어미는 남은 살림살이를 다 팔아서 이고 지고 타향으로 떠돌이 생활에 나섰다.

●

하루는 황제가 목욕을 하고 달을 따라 화단을 거니는데,

문득 강선화 봉오리가 흔들리더니

꽃잎이 가만히 벌어지며 무슨 소리가 나는 듯했다.

참다못한 황제가 다가가 꽃송이를 가만히 열어 보니

아리따운 세 아가씨가 꽃 속에 숨어 있었다.

●

오색 무지개
강선화를 타고 두둥실

하루는 옥황상제가 사해용왕에게 명령했다.

"심 소저의 혼인을 약속해야 할 때가 다가오고 있으니, 인당수로 돌려보내 좋은 때를 놓치지 말도록 하라."

그때부터 용왕은 심청을 다시 세상으로 보낼 차비를 했다. 용왕은 커다란 꽃송이에 심청을 앉히고 두 시녀를 곁에서 모시게 했다. 시녀들은 아침저녁 먹을 것과 입을 것, 그리고 비단 보배를 가득 넣어 다시 인당수로 보낼 차비를 했으며, 용왕은 친히 나와 배웅을 해 주었다. 궁궐의 시녀들과 팔선녀가 여쭈었다.

"소저는 인간 세상에 나아가서 부귀와 영광을 즐기소서."

"용왕님의 은덕으로 죽을 몸이 다시 살아 세상에 나가니 은혜

를 잊을 수가 없습니다. 용궁의 여러 시녀들과도 정이 들어 떠나기 섭섭하오나 이승과 저승의 길이 다르기에 어쩌겠습니까. 이별하고 가기는 하지마는 수궁의 귀하신 몸 내내 평안하옵소서."

심청이 하직하고 돌아서니, 순식간에 꿈같이 인당수에 번듯 떠서 수면이 영롱하게 빛났다. 바람이 분들 끄떡하며 비가 온들 떠내려갈쏘냐? 오색 무지개가 꽃봉오리 속에 어리어서 두둥실 떠 있었다.

때마침 남경 갔던 뱃사람들이 억만금의 이익을 내고 고국으로 돌아오다가 인당수에 다다라 심청을 위한 제를 올리게 되었다.

"우리 일행 수십 명의 액운을 막아 주시고 뜻한 대로 소원을 이루어 주신 용왕님의 커다란 은혜에 한잔 술로 정성을 드립니다. 어

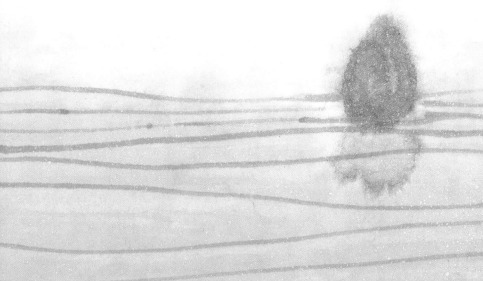

여삐 보셔서 이 제물을 받아 주소서."

먼저 용왕님께 제를 올린 뒤에는 다시 제물을 차려 심청의 혼을 위로했다.

"하늘이 내신 효녀 심 소저는 늙으신 아버지 눈을 뜨게 하기 위하여 젊은 나이에 죽기를 마다 않고 바닷속 외로운 혼이 되었으니, 어찌 가련하고 불쌍하지 않으리오? 우리는 심 소저 덕분에 장사를 하여 큰 이문을 내고 고국으로 돌아가지만, 소저의 영혼은 어느 날에 다시 돌아오리오? 우리가 가는 길에 도화동에 들러 소저의 아버지가 잘 계시는지, 또 불편한 것은 없으신지 살펴보고 가리다. 한잔 술로 소저의 넋을 위로하고자 하니, 만일 영혼이 있으면 우리들의 정성을 받아 주소서."

뱃사람들이 제물을 풀고 심청의 죽음을 생각하며 눈물을 흘리다가 한곳을 바라보니 커다란 꽃 한 송이가 망망대해에 두둥실 떠 있었다. 뱃사람들이 괴이하게 여겨 저희들끼리 의논했다.

"아마도 심 소저의 영혼이 꽃이 되어 떴나 보이."

가까이 가서 보니 과연 심 소저가 빠졌던 곳이었다. 뱃사람들이 모두 마음이 짠하여 꽃을 건져 냈다. 그렇게 하고 보니, 꽃의 크기는 수레바퀴만 하여 두세 사람이 넉넉히 앉을 만하였다.

"우리가 온 세상을 다니면서도 보지 못한 꽃이야. 정말로 이상하고 신기한 일일세."

행여 꽃잎 하나라도 다칠까 조심조심 배로 옮겨 싣고 돌아오니, 물결은 잔잔하고 순풍이 뱃길을 도와 배가 화살이 날아가듯 빠르게 앞으로 나아갈 수 있었다.

고국으로 돌아오자 뱃사람들은 억만금이 넘는 재물을 공평하게 나누어 가졌다. 하지만 배의 우두머리인 도선주*는 무슨 마음에서인지 재물은 마다하고 꽃송이만 차지했다. 그 꽃을 자기 집 깨끗한 곳에 단을 쌓고 놓아두었더니, 향기가 온 집안에 가득했고 꽃 주위에는 무지개가 둘러쌌다.

이때 송나라 황제는 황후가 세상을 떠난 뒤로 다시 황후를 맞는 일도 마다하고 죽은 황후를 그리워하고 있었다. 황제는 온갖 진기한 화초를 구하여 정원에다 심고 벗을 삼아 지내며 시간을 보낼 따름이었다. 연못 그득 맑은 물에 홍련화, 그윽한 향으로 달 뜨는 저녁에 소식 전하는 매화, 여기저기 붉은 복사꽃, 아름다운 여인의 손톱을 물들이려고 밤에 화분에 넣고 찧는 봉선화, 9월 9일에 활짝 피는 국화……. 꽃 향이 널리 퍼지면 벌과 나비와 새들이 춤추며 노래하니, 황제는 흥을 붙여 날마다 구경하였다.

이때 도선주도 대궐 안 소식을 듣게 되었다. 황제께서 기이한

* **도선주** 여러 척의 배를 갖고 있는 배의 주인을 말함.

화초를 좋아하신다니 인당수에서 얻은 꽃을 황제에게 바쳐야겠다는 생각이 들었다.

도선주는 옥으로 된 화분에 꽃을 담아 대궐 문밖에 다다라 자신의 뜻을 아뢰었다. 황제가 반가이 그 꽃을 들여다가 궁궐에 놓고 보니, 찬란하여 해와 달이 빛을 내는 것 같고 향기 또한 특별해 이 세상 꽃이 아니었다.

"참으로 신기하구나. 어찌 이렇듯 신비로운 꽃이 바다에 떠왔는가?"

꽃 주변에는 붉은 안개가 둘러 있고, 상서로운 기운이 어려 도무지 이름을 알 수 없었다. 황제는 그 꽃에 '선녀가 내려온 꽃'이라는 뜻의 강선화(降仙花)라는 이름을 붙여 주었다. 그리고 꽃을 화단에 옮겨 놓으니 모란화, 부용화 같은 꽃도 감히 견주지 못할 정도로 아름다웠다.

하루는 황제가 목욕을 하고 달을 따라 화단을 거니는데, 문득 강선화 봉오리가 흔들리더니 꽃잎이 가만히 벌어지며 무슨 소리가 나는 듯했다. 황제가 몸을 숨기고 살펴보니 예쁜 선녀가 얼굴을 반만 들어 꽃송이 밖을 내다보다가, 인기척을 느끼고는 다시 꽃 속으로 숨는 게 아닌가. 황제가 문득 몸과 마음이 황홀하고 이상한 생각이 들어 아무리 기다려도 다시는 기척이 없었다. 참다못한 황제가 다가가 꽃송이를 가만히 열어 보니 아리따운 세 아가씨가 꽃 속에 숨어 있었다.

황제가 놀라 물었다.

"너희는 귀신이냐, 사람이냐?"

얼굴을 내밀었던 아가씨가 즉시 내려와 땅에 엎드려 아뢰었다.

"소녀는 남해 용궁 시녀인데, 옥황상제의 명으로 심 소저를 모시고 세상에 나왔다가 황제를 뵙게 되었습니다."

황제가 마음속으로 생각했다.

'상제께옵서 좋은 인연을 보내신 것이로구나. 이런 좋은 기회가 다시는 오지 않을 테니 내 배필로 정하리라.'

신하를 시켜 길일을 알아보니 5월 5일 갑자일이었다. 소저를 황후로 봉하여 승상의 집으로 모시고는 혼인날이 오자 다시 명을 내렸다.

"이러한 일은 지금껏 없었으니, 예의범절을 특별히 갖추어 준비하라."

과연 혼례는 엄숙하고 성대하기 짝이 없었다.

황제가 혼례 자리에 나오니 꽃봉오리 속에서 두 시녀가 심청을 부축하여 나오는데, 심청의 꽃 같은 자태에 궁중이 휘황찬란하여 바로 보기가 어려울 정도였다. 황제는 나라의 경사라 하여 온 나라에 사면령을 내리고 남경 갔던 도선주를 특별히 무장 태수로 임명

했다. 온 조정의 여러 신하들이 축하를 보냈고 백성들은 기뻐 환호
하였다.

심 황후의 덕과 은혜가 크고 깊어 황제를 잘 보필한 덕인지, 나
라는 평안하고 해마다 풍년이 들어 그야말로 태평성대가 되었다.

심 황후 또한 부귀와 영화를 누렸으나 늘 마음속으로는 아버지 생각에 근심하였다.

하루는 심 황후가 근심을 이기지 못하여 시종을 데리고 난간에 기대서 있었다. 가을이라 하늘은 높고 달은 밝아 산호로 만든 발에는 달빛이 비쳐 들고, 귀뚜라미 울음소리가 방 안에 흘러드니 황후는 서글픈 마음을 가눌 수 없었다. 때맞춰 높은 하늘 위에서 외로운 기러기 울면서 내려왔다. 황후는 반가운 마음에 기러기에게 말했다.

"저기 오는 기러기야! 고향 소식 전해 준다는 기러기가 바로 너냐? 혹 도화동 우리 아버지 편지는 없느냐? 우리 부녀 울며 이별한 지 3년이 지났구나.

눈 어두운 아버지 이제는 눈을 뜨셨는지? 별 탈은 없으신지? 내 편지 써서 네게 줄 테니 제발 우리 아버지께 전해 주렴."

심 황후가 얼른 방으로 들어가 붓을 들고 편지를 쓰려니, 눈물이 먼저 떨어져 글자는 먹칠이 되고 말았다.

"아버님을 떠나온 지 벌써 3년. 아버님 그리워 쌓인 한이 바다같이 깊습니다. 그간 몸 편히 지내시는지 그리워하는 마음 이루 다 전할 길이 없습니다. 불효녀 심청은 인당수에 제물로 빠졌으나, 다행히 하느님의 도움으로 세상에 다시 나와 황후가 되었습니다. 지금은 부귀와 영화를 누리고 있으나 가슴에 맺힌 한 때문에 이 모두가 의미가 없습니다. 오직 하나 바라는 바는 아버님을 다시 뵙는 일입니다.

지난 3년 동안에 눈은 뜨셨는지, 마을에 맡긴 돈과 곡식으로 밥은 잘 드시고 계신지 정말로 궁금합니다. 어서 만나 뵈옵기를 천만 번 바라고 바라옵니다."

날짜를 써서 얼른 나와 보니 기러기는 보이지 않고, 가을바람 소슬한데 별빛과 달빛만 총총하다. 심 황후 할 수 없이 편지를 상자에 도로 넣고 소리 없이 울고 있는데, 마침 황제가 내전에 들어오다 황후의 우는 모습을 보았다.

"무슨 근심이기에 눈물 자국이 있으신 게요? 황후가 되었으니 귀하기는 천하에 제일 귀하고, 부하기는 인간 중에 제일 부자인데 무슨 일이 있어 이렇게 슬퍼하시는 게요?"

"제가 바라는 바가 있사오나 감히 여쭙지 못하였습니다."

"그게 뭔지 말씀이나 해 보시오."

황후가 꿇어앉아 황제에게 여쭈었다.

"사실은 제가 용궁 사람이 아니오라 황주 도화동에 사는 맹인 심학규의 딸입니다. 아비의 눈을 뜨게 하려고 인당수 물에 제물로 빠졌습니다."

심 황후가 그동안 있었던 일을 자세히 여쭈었다.

"왜 진작 말씀을 안 하시었소? 어렵지 않은 일이니 너무 근심치 마시오."

황제가 듣고는 말했다.

다음 날 황제가 조회를 마친 뒤에 조정 신하들과 의논하더니 말했다.

"어서 황주로 관리를 보내 심학규를 부원군으로 대우하여 모셔 오라."

황제의 명이 지엄한지라 황주 지사가 알아보았지만 황제에게 이런 글을 올릴 수밖에 없었다.

"분명히 이곳 황주 도화동에 맹인 심학규가 살았으나, 1년 전에 어딘가 떠난 뒤로는 아무도 그가 사는 곳을 알 수 없습니다."

황후가 듣고 눈물을 흘리며 슬퍼하니 황제가 간곡히 위로했다.

"죽었다면 할 수 없겠지만 살아만 있다면 만날 날이 있을 것이오. 너무 상심치 마오."

슬퍼하던 황후가 한 가지 계책을 생각해 냈다.

"저에게 한 가지 생각이 있습니다."

"무엇이오? 말씀해 보시오."

"이 땅의 백성은 황제의 신하가 아닌 자가 없습니다. 하지만 그들 중에서도 불쌍한 이들을 꼽자면 홀아비, 과부, 고아, 자식 없는 늙은이일 것이며, 그 가운데도 가장 불쌍한 사람이 병든 사람일 것이며, 그중에도 특히 맹인일 것입니다. 그러니 천하 맹인을 모두 모아 잔치를 베풀어 주옵소서. 하늘과 땅과 해와 달과 별을, 희고 검고 길고 짧은 것을, 부모처자를 보아도 보지 못하는 그들의 한을 풀어 주옵소서. 그러면 그 가운데 혹시 저의 아버님을 만날 수도 있을 것이니, 이는 저의 소원일 뿐 아니라 나라에 화평한 일도 될 듯합니다. 제 생각이 어떠한지요?"

황제가 이 말을 듣고 크게 칭찬했다.

"과연 좋은 말씀이오. 어렵고 불쌍한 백성들을 위로하는 것이야 말로 나라의 일이니 그렇게 하십시다."

황제는 전국의 수령들에게 다음과 같은 명령을 내렸다.

"나라에서 맹인들을 위해 큰 잔치를 베풀 것이다. 높은 관리에서 서민에 이르기까지 맹인이면 이름과 거주지를 기록하여 올리도록 하고, 그들을 잔치에 빠짐없이 참석하게 하라. 만일 맹인 하나

라도 이를 몰라 참석치 못한 자가 있으면, 그 고을 감사와 수령은
마땅히 큰 벌을 받을 것이다."

전국의 수령들이 놀라고 두려워 맹인들의 명부를 작성하고 이
들을 잔치에 참여시키느라 법석이었다.

·

"나는 본디 팔자가 박복하여 평생을 두고 살펴보니,

좋은 일이 있으면 반드시 서러운 일이 생기곤 하였소.

이제 또 간밤에 꿈을 꾸니 평생 불길할 징조가 보입디다.

내 몸이 불에 타고, 내 가죽을 벗겨 북을 만들고,

또 나뭇잎이 떨어져 뿌리를 덮는 꿈이오.

아마도 나 죽을 꿈이 아닌가 하오."

·

서울 구경
가 보세

고향을 떠나 여기저기 떠돌던 심 봉사가 하루는 서울에서 맹인 잔치를 베푼다는 소문을 들었다.

"맹인 잔치가 열린다니 우리 서울 구경 한번 가 보세. 사람이 세상에 났으면 서울 구경 한번 해 봐야지. 멀고 먼 길을 나 혼자 가겠나? 함께 가는 것이 어떻겠나?"

뺑덕 어미가 선선히 대답했다.

"예. 그럽시다. 이 기회에 우리도 서울 구경 한번 하지요."

그날로 길을 떠나 뺑덕 어미 앞세우고 며칠을 가서 한 역촌에 이르러 잠을 자게 되었다.

마침 그 근처에 황 봉사라 하는 소경이 있었다. 황 봉사는 봉사라 하나 분간은 조금 할 수 있는 반소경이었고, 집안 형편도 넉넉한 편이었다. 뺑덕 어미가 음탕하여 서방질을 잘한다는 소문이 이미 자자한데 황 봉사가 이를 모를까? 뺑덕 어미 한번 보기를 바라던 차에 심 봉사와 뺑덕 어미가 같이 왔다는 소식을 듣고는 옳다구나 하였다. 황 봉사는 심 봉사 머무르던 주막 주인과 짜고 뺑덕 어미를 갖가지로 꼬여 냈다. 뺑덕 어미도 생각했다.

'내가 심 봉사를 따라가더라도 잔치에 참석할 방법이 전혀 없고, 돌아온들 형편도 전만 못하여 먹고살기 힘들 게 뻔하다. 차라리 황 봉사를 따라가면 말년 신세는 편하겠구나. 심 봉사 잠들기를 기다렸다가 내빼리라.'

뺑덕 어미는 일부러 자는 체 누웠다가 심 봉사가 깊이 잠들자 두말없이 달아나 버렸다.

아무것도 모르는 심 봉사가 잠에서 깨어 옆자리를 더듬으니 어딘가 모르게 허전하였다. 다시 더듬더듬 손을 뻗어 보며 뺑덕 어미를 불렀다.

"이보소, 뺑덕이네, 어디 갔는가?"

끝내 기척이 없다가 윗목 구석에 고추 가마니가 있어 쥐란 놈이 바스락바스락 소리를 냈다. 심 봉사는 뺑덕 어미가 장난치는 줄만

알고 두 손을 떡 벌리고는

"아니, 한밤중에 웬 장난이야? 날더러 기어 오라는 말인가?"
하며 더듬더듬 더듬으니 쥐란 놈이 놀라 달아났다. 심 봉사가 허허
웃으면서 이 구석, 저 구석 쥐를 두루 쫓아다녔다. 그러더니 자기가
속은 줄 꿈에도 모르고 주막 주인을 깨워 물었다.

"여보 주인네, 우리 집 마누라 그 안에 들어가 있소?"
심 봉사가 앞을 못 보니 주막 주인은 딱 잘라 말했다.

"그런 일 없소."
심 봉사 그제야 가엾게도 속았다는 걸 알고 탄식했다.

"여봐라, 뺑덕 어미, 날 버리고 어디 갔는가? 이 무심하고 고약
한 계집아! 서울 천 리 먼 길을 뉘와 함께 가리오."
울다가 어찌 생각했는지 혼자 꾸짖어 손을 휠휠 뿌리치며,

"아서라, 아서라. 이년! 내가 세상 물정 모르는 코맹맹이 아들놈
이었다. 공연히 못된 년에 정들였다가 살림만 날리고 낭패를 보니
이 모든 것이 나의 팔자라. 누구를 원망하고 누구를 탓하리오. 어질
고 점잖은 곽씨 부인 보내고도 내가 살아 있고, 하늘이 낸 우리 효
녀 심청이와 생이별하고도 내가 살아 있거늘 저만한 년을 생각하면
내가 개아들놈이다."
사람 데리고 수작하듯 혼자 중얼거리다 날이 밝으니 길을 다시
떠났다.

때는 오뉴월이라. 더위는 심하고 땀이 흘러 등을 적셨다. 마침 시냇물 소리가 들려 옷과 봇짐을 벗어 놓고 목욕을 하고 나와 보니 모두 온데간데없었다. 강변을 두루 다니며 더듬더듬 사냥개가 메추리 냄새를 맡은 듯 이리저리 살펴봤지만 소용이 없었다. 오도 가도 못 하게 된 심 봉사는 터져 나오는 울음을 참을 수 없었다.

"애고애고, 서울 천 리 멀고 먼 길을 어찌 갈까? 네 이놈, 이 천하에 몹쓸 좀도둑놈아. 부잣집 먹고 쓰고 남는 재물이나 가져다가 쓸 것이지, 하필이면 가련하기 짝이 없는 눈면 놈의 옷을 훔치다니 네 신세가 온전할까? 이제는 의복조차 없으니 누구에게 밥을 빌며 어느 누가 내게 옷을 내주리. 귀머거리, 절름발이 신세 아무리 서럽다 해도 천하 만물을 분별할 수 있거늘 무슨 팔자로 나는 소경이 되었는고?"

이렇게 울며 탄식을 하고 있을 때, 어디선가 왁자지껄 소리가 들려왔다.

"이놈들, 물렀거라."

"무릉 태수님 행차시다."

무릉 태수가 서울에 갔다가 내려오는 길이었다. 심 봉사는 길을 비키라는 소리에 놀라기는커녕 오히려 반겼다.

'옳다, 어느 고을 수령이 오나 보다. 내 억지나 좀 써 보리라.'

풀숲에서 기다리던 심 봉사는 사또의 행차가 가까이 오자 사타구니를 거머쥐고 엉금엉금 길가로 나아갔다. 훤한 대낮에 실오라기 하나 걸치지 않은 늙은이가 사타구니를 감싸 쥔 채 사또의 행렬로 뛰어들자 좌우 나졸들이 달려들어 심 봉사를 밀쳐 냈다. 심 봉사가 버럭 소리를 질렀다.

"네 이놈들아! 나한테 이렇게 했겠다. 내가 지금 황성에 가는 소경이다. 너의 이름은 무엇이며 이 행차는 어느 고을 행차신지 썩 일러라."

나졸들이 모두 어이가 없어 심 봉사를 막고 섰는데, 무슨 소란인가 살피던 무릉 태수가 큰 소리로 물었다.

"대관절 어디 사는 소경인데 옷을 벗고서 이렇게 행차를 가로막는 것이냐?"

"예, 저는 황주 도화동에 사는 심학규라고 합니다. 황제께서 맹인 잔치를 열어 주신다기에 서울로 가는 길이었습니다. 날이 너무 더워 시냇가에서 잠깐 목욕을 하고 나와 보니, 어느 못된 도적놈이 옷과 봇짐을 모두 가져가서 낮도깨비처럼 이러지도 저러지도 못하게 되었습니다. 제 옷과 봇짐을 찾아 주시거나 염치없지만 따로 한 벌 마련해 주시기를 바라옵니다. 아니면 맹인 잔치에 갈 수가 없으니 특별히 살펴 주시기를 바라옵니다."

태수가 이 말을 듣고 불쌍한 마음이 들어 말했다.

"네 하는 말을 들으니 꽤 유식한 것 같구나. 그 사정을 호소문으로 써서 올리도록 하라. 그럼 의복과 노자를 내주겠노라."

"글은 좀 하오나 눈이 어두우니 형방아전*을 보내 주시면 불러서 쓰게 하겠습니다."

심 봉사가 아뢰었다. 글은 다음과 같았다.

"하늘에 죄를 얻었는지 타고난 팔자가 박복하여
해와 달보다 더 밝은 것이 없지마는 두 눈이 어두워 보지 못하고
즐거움은 부부만 한 것이 없는데 죽은 아내를 다시 만나지 못하네.
일찍이 청운의 꿈을 품었는데 한 일 없이 머리만 세었구나.
우리 임금 거룩하여 맹인 잔치 열어 주시니

* **형방아전** 각 지방 관아의 형방에 속하여 법률, 소송, 노예 따위에 관한 일을 맡아보던 구실아치.

갈 길은 멀고 먼데 가진 것은 지팡이 하나

살림이 가난하여 가진 것은 바가지뿐

날씨가 너무 더워 냇가에서 목욕하다가

의복과 봇짐마저 잃고 나니

내 신세 울타리에 매인 양과 같네.

옷을 벗은 맨몸은 그대로 낮도깨비요.

혼자서 우는 모습은 그림자 없는 귀신일세.

엎드려 생각하니 나리는 어질고 밝은 관리시니

화살 맞은 새를 살려 주시고

물 마른 고기를 구해 주소서.

고금에 없는 이 어려움을 도와주시면

이 세상에 다시 살린 은혜가 되실 테니

밝히 살피시고 처리해 주옵소서.”

글을 읽은 태수는 관리 시켜 의복 한 벌 내어 주고, 노잣돈도 주
었다. 그랬더니 심 봉사가 말했다.

“이제 옷은 입었지만 신이 없어 못 가겠습니다.”

“허허, 하인의 신을 주자니 저희들이라고 발을 벗고 가랴?”

그때 태수의 머릿속에 행차를 따르는 한 마부가 생각났다. 신이
성하여도 떨어졌다 하고는 신발값을 받아 내어, 새 신을 사서 말 궁

둥이에 달고 다니는 놈이었다. 그놈 하는 행동을 평소 괘씸하다고 여겼던 터라 그 신을 떼어 주라 명했다. 심 봉사는 신을 얻어 신은 뒤에도 떼를 썼다.

"애고, 그 흉한 도적놈이 오늘 가면서 먹을 담뱃대마저 가져갔습니다."

"그러면 어찌하잔 말인가?"

"글쎄, 그저 그렇단 말씀이지요."

화를 낼 법도 한데 태수는 웃으며 담뱃대를 내주었다. 심 봉사 받아 가지고는 또 한마디 했다.

"황송하오나 담배 한 대 맛보면 소원이 없겠습니다."

태수가 방자 불러 담배까지 내준 뒤에야 심 봉사는 다시 황성으로 길을 떠났다.

도중에 어진 수령을 만나 의복은 챙겼지만, 앞 못 보는 처지에 혼자서 먼 길을 가려니 절로 탄식이 나왔다. 한 발 한 발 앞으로 더듬어 나아가서 여러 날이 지나니 서울이 가까워졌다. 낙수교를 얼른 지나 서울 근교를 들어가니 여러 여자들이 방아를 찧고 있었다. 심 봉사가 더위를 식히려고 방앗간 그늘에 앉아 쉬고 있는데, 여러 사람들이 심 봉사를 보고 수군댔다.

"애고, 저 봉사도 잔치에 오는 봉사인가 보오? 요즘에 봉사들

살판났네. 저리 앉았지 말고 방아나 좀 찧어 주지.”

‘옳지. 양반네 종이 아니면 상놈의 아낙네로다. 그렇다면 여기서 한번 놀려 머기나 해 보리라.’

심 봉사는 여인네를 놀리기로 마음먹고 큰 소리로 말했다.

“천리 타향에서 힘들게 올라오는 사람더러 방아 찧으라 하기를 자기네 집안 어른에게 하듯 하니, 무엇이나 좀 준다면 찧어 주지.”

“애고, 그 봉사 음흉하여라. 주기는 무엇을 주어. 점심이나 얻어먹지.”

“점심 얻어먹으려고 방아 찧어 줄까?”

“그러면 무엇을 주어. 고기나 줄까?”

심 봉사가 하하 웃으며,

“그것도 고기지. 고기지마는 주기가 쉬울라고?”

“줄지 아니 줄지 어찌 아나? 방아나 찧고 보지.”

“옳지. 그 말이 반허락*이렷다?”

방아에 올라서서 ‘떨구당 떨구당’ 심 봉사가 방아를 찧는다.

“내 방아 소리는 잘하지마는 누가 알아주겠소?”

여러 여종들이 그 말 듣고 졸라 대니, 심 봉사가 견디지 못하여 방아 소리를 한다.

* **반허락** 완전히 허락하지는 아니하였지만, 허락한 것으로 여길 만하게 반응함.

어유아 어유아 방아요.

적막강산 나무 베어 이 방아를 만들었네.

방아 만든 모양 보니 이상하고 이상하다.

사람을 본떴는가? 두 다리를 벌려 내어

고운 얼굴에 비녀를 보니 한 허리에 비녀 찔렀네.

어유아 방아요.

길고 가는 허리를 보니 항우의 우미인 넋일는지?

그네 뛰고 놀던 발로 이 방아를 찧겠구나.

어유아 방아요.

우리 임금 착하시어 백성이 평안한데

하물며 맹인 잔치 고금에 없었으니

우리도 태평성대에 방아 소리나 하여 보세.

어유아 방아요.

얼씨고 좋을씨고 지화자 좋을씨고.

흥에 겨워 이렇게 해 놓으니, 여러 여종들이 듣고 손뼉을 치며 크게 웃었다. 그럭저럭 방아를 찧고 점심을 얻어먹고 봇짐에다 술을 넣어 지팡막대를 쥐고 나서면서 시원스럽게 말했다.

"잘 얻어먹고 가네."

"어, 그 봉사님 심심치 않아서 참 좋네. 잘 가고 내려올 때 또 오시오."

심 봉사는 다시 길을 떠났다.

심 봉사가 드디어 성안에 들어가니 주변이 모두 소경들로 가득
하여 서로 딱딱 부딪쳐 다니기가 어려울 정도였다. 심 봉사가 어딘
가를 지나가는데 한 여자가 문밖에 섰다가 그를 불렀다.

"거기 가는 분이 심 봉사시오?"

"게 누구요? 날 알 사람이 없는데 그 누가 나를 찾나?"

"심 봉사 맞으시지요?"

"그렇기는 하오만 어쩐 일이시오?"

"긴한 일이 있으니 거기 잠깐 머물러 계시오."

여자는 다시 나와 사랑에 안내하여 저녁밥을 내왔다.

'이상한 일일세. 무슨 일이야?'

심 봉사가 이상히 여기면서도 꾸역꾸역 저녁을 먹는데, 밥과 반
찬이 예사 음식이 아니어서 아주 달게 먹었다.

날이 저물어 어두워지니 그 여인이 다시 나왔다.

"여보시오, 봉사님. 날 따라서 안방으로 들어갑시다."

안방이란 말에 심 봉사가 놀라 소리쳤다.

"안방이라니? 이 집에 바깥주인이 있는지 없는지는 모르겠지만
어찌 남의 안방을 들어가겠소?"

"그런 것은 캐묻지 마시고 나만 따라오시오."

"여보시오, 무슨 병환으로 이러는 게요? 나는 동토경*도 읽을 줄 모르오."

"헛소리 그만하고 들어가 보시오."

지팡이를 끌어당기니 심 봉사가 어쩌랴? 하는 수 없이 혼잣말 중얼중얼하며 끌려가는데, 대청마루에 올라가서 자리에 앉으니 한 여인이 묻는다.

"당신이 심 봉사신가요?"

"어찌 아시오?"

"아는 도리가 있지요. 먼 길 오셨으니 편히 앉으십시오. 제 성은 안가이고 서울서 살고 있는데, 불행히도 부모님이 모두 돌아가시고 홀로 이 집을 지키느라 나이가 스물다섯이나 되었는데도 아직 시집을 가지 못하고 있답니다. 일찍이 점치는 법을 배워서 배필이 될 사람을 알아보다가, 며칠 전 우물에 해와 달이 떨어져 물에 잠기기에 제가 건져 품에 안는 꿈을 꾸었답니다. 가만히 생각해 보니, 하늘의 해와 달은 사람의 눈인데 해와 달이 떨어졌으니 나처럼 맹인인 줄 알았고, 물에 잠겼으니 심(沈)씨인 줄 알았지요. 그날부터 아침 일찍 종을 시켜 문에 지나가는 맹인을 차례로 물어본 지 여러 날 만에

* **동토경** 무당이 사나운 운수를 쫓거나 병을 낫게 할 목적으로 외는 기도문과 주문.

천우신조*로 이제야 만나니, 당신과 연분인가 합니다."

가만히 듣고 있다가 심 봉사가 픽 웃으며 말했다.

"말이야 좋소마는 그러하기가 쉬울는지요?"

안씨 맹인이 종을 불러 차를 들여 권하며 말했다.

"제 이야기를 다 드렸으니 이제 제가 좀 여쭙겠습니다. 사시는 곳은 어디며 어떻게 되는 분이신지요?"

* **천우신조** 하늘이 돕고 신령이 도움.

심 봉사가 자기 신세 전후 사정을 낱낱이 말하며 눈물을 흘리니, 안씨 맹인이 위로하고 그날 밤 함께 잠자리에 들었다. 사람은 둘이서 눈을 합히면 넷이지만 담배씨만큼도 보이지 않았다. 첫날 밤이니 오죽 좋으랴마는 심 봉사는 근심스런 얼굴로 앉아 있었다.

안씨 맹인이 물었다.

"즐거운 기색이 하나 없으니 제가 도리어 무안합니다."

"나는 본디 팔자가 박복하여 평생을 두고 살펴보니, 좋은 일이 있으면 반드시 서러운 일이 생기곤 하였소. 이제 또 간밤에 꿈을 꾸니 평생 불길할 징조가 보입디다. 내 몸이 불에 타고, 내 가죽을 벗겨 북을 만들고, 또 나뭇잎이 떨어져 뿌리를 덮는 꿈이오. 아마도 나 죽을 꿈이 아닌가 하오."

안씨 맹인이 듣고 말한다.

"그 꿈 참 좋습니다. 꿈이 흉하면 좋은 일이 생긴다 했으니, 제가 잠깐 해몽해 드리리다."

안씨 맹인이 세수를 하고 향을 피워 놓고 단정히 꿇어앉았다. 그러고는 산통*을 놓고 축문을 읽더니 점괘를 풀어 글을 지었다.

몸이 불 속에 들어가니
낡은 것은 살라 버린 뒤 불길처럼 번성할 꿈이요.
가죽을 벗겨 북을 만드니 북은 궁 안에 있는 물건이라,

궁궐에 들어갈 징조고.

낙엽이 뿌리로 돌아가니 성장한 자식이 부모의 품으로

돌아가는 것이라,

자손을 만날 것입니다.

"아주 좋은 꿈입니다. 축하드립니다."

심 봉사가 어이없어 웃으며 말했다.

"천부당만부당*하오. 맹인 잔치에 참가하려면 궁궐에 들어가야
되니 그렇다 쳐도, 내 자손이 없는데 어떤 자손을 만난다는 말이오.
아무래도 불길한 꿈인 듯하오."

시큰둥한 심 봉사의 말에 안씨 맹인이 힘주어 말했다.

"지금은 내 말을 믿지 않지만 두고 보시오."

* **산통** 맹인이 점을 칠 때 쓰는, 산가지를 넣은 통.
* **천부당만부당** 어림없이 사리에 맞지 아니함.

•

바로 그때, 딱지 떨어지는 소리가 나면서

심 봉사의 두 눈이 활짝 뜨였다.

그 자리에 가득 모여 있던 맹인들이

심 봉사 눈 뜨는 소리에 일시에 눈들이 뜨이는데,

'희번덕, 짝짝' 하니 마치 까치 새끼 밥 먹이는 소리 같았다.

•

소경이 눈을 뜨다

아침밥을 먹은 뒤에 대궐 문밖에 다다르니 벌써 맹인 잔치가 열리고 있었다. 얼른 심 봉사도 궁궐 안으로 들어갔다. 평소 같으면 나라님 계신 궁궐 안이 오죽 좋으랴마는 오늘은 빛이 거무칙칙하고 소경 냄새가 진동한다.

이때 심 황후는 맹인 잔치가 열리는 여러 날 동안 맹인 명부를 아무리 들여다보아도 심씨 맹인이 없으니 혼자 탄식했다.

'이 잔치를 연 까닭은 아버님을 뵙자는 것이었는데, 그러지 못하고 있구나. 내가 인당수에서 죽은 줄로만 아시고 애통하여 죽으셨는가? 아니면 몽운사 부처님이 영험하여 그동안에 눈을 떠서 천지 만물을 보시어 맹인 축에서 빠지셨는가? 오늘이 잔치 마지막이니

내가 몸소 나가 보리라.'

심 황후가 뒷동산에 자리를 잡고 앉아 맹인 잔치를 구경하는데, 풍악도 대단하고 음식도 풍성했다. 잔치를 다 끝낸 뒤에는 맹인 명부를 올리라 하여 의복 한 벌씩을 내주었다. 맹인들이 모두 사례하고 돌아가는데, 명단에 들지 못한 맹인 하나가 우두커니 서 있었다. 심 황후가 상궁을 보내 물었다.

"저 사람은 어떤 맹인이오?"

심 봉사가 겁먹은 목소리로 말했다.

"저는 집이 없어 천지로 집을 삼고 떠돌아다닙니다. 어느 고을의 명단에도 들지 못하여 제 발로 들어왔습니다."

처자식이 없는 맹인이라는 말에 황후는 상궁에게 한번 데려와 보라고 명했다. 곧 상궁이 심 봉사의 손을 끌고 별궁으로 들어갔다. 심 봉사는 갑자기 뒤숭숭했던 어젯밤 꿈자리가 생각났다. 무슨 영문인지 모르기에 잔뜩 겁을 먹고 더듬거리는 걸음으로 별궁 계단 아래 섰다.

황후가 보니, 상궁에게 이끌려 온 봉사에게 아버지의 모습이 보였다. 하지만 그동안 심 봉사가 워낙 고생을 많이 한 뒤라 얼굴이 몰라볼 만큼 변해 있었고, 머리에는 흰 머리카락이 여기저기 보였다. 3년이나 용궁에서 지낸 터라 확신이 서지 않아 황후는 조심스레 물어보았다.

"처자는 있으신가요?"

심 봉사가 땅에 엎드려 눈물을 흘리면서 말했다.

"여러 해 전에 아내를 잃고, 어미를 잃은 딸과 함께 살았습니다. 제가 앞을 볼 수 없으니 어린 자식을 품에 품고 동냥젖을 얻어먹여 겨우겨우 길러 냈지요. 자라면서 점점 효행이 뛰어나 옛사람의 행실을 앞섰습니다. 그런데 하루는 요망한 중이 와서,

'공양미 3백 석을 시주하면 눈을 떠서 천지 만물을 볼 것입니다.'

하니, 착한 제 딸이 백방으로 고민해 봐도 공양미를 마련할 방법이 없었나 봅니다. 어느 날 저에게는 상의도 없이 남경 뱃사람들에게 3백 석을 받고 제 몸을 팔아 그만 인당수 제물로 빠져 죽었습니다. 15살의 나이였습니다. 그리하여 눈도 뜨지 못하고 자식만 잃었으니, 자식 팔아먹은 놈이 무슨 염치로 세상에 살아 있겠습니까? 죽여 주옵소서."

심 봉사의 말을 들으니 황후는 앞에 있는 늙은 맹인이 아버지라는 것을 분명히 알 수 있었다. 황후가 눈물을 흘리며 버선발로 뛰어내려와 심 봉사를 안고는 소리쳤다.

"아버지, 저예요. 제가 심청이에요."

심 봉사가 깜짝 놀라 말했다.

"아이고, 이게 무슨 말이야? 우리 딸 심청이는 인당수에 빠져

죽고 없는데."

황후가 다시 말했다.

"제가 바로 심청이에요. 인당수에 빠져 죽었던 심청이가 살아 돌아왔다고요. 그동안 눈도 못 뜨시고, 무슨 고생을 하셨기에 이렇게 늙으셨어요? 아버지, 눈을 떠서 저를 좀 보세요."

"아니, 정말로 우리 딸 청이라고? 우리 딸이 살아 돌아왔다고? 어디 보자, 어디 봐."

바로 그때, 딱지 떨어지는 소리가 나면서 심 봉사의 두 눈이 활짝 뜨였다. 그 자리에 가득 모여 있던 맹인들이 심 봉사 눈 뜨는 소리에 일시에 눈들이 뜨이는데, '희번덕, 짝짝' 하니 마치 까치 새끼 밥 먹이는 소리 같았다. 뭇 소경이 밝은 세상을 보게 되고, 집 안에 있는 소경, 계집 소경도 눈이 다 밝았고, 배 안의 소경, 배 밖의 소경, 반소경, 청맹과니*까지 모조리 다 눈이 밝았으니, 맹인들에게는 천지개벽이나 다름없었다.

심 봉사가 눈을 뜨고 보니 반갑기는 반가웠지만 모두 처음 보는 얼굴이라 당황스러웠다. 황후가 자기 딸이라 하니 딸인 줄 알지마는 한 번도 보지 못한 얼굴이라 알 수가 있나? 어쨌든 하도 좋아서 죽을 둥 살 둥 춤을 추며 노래했다.

---

* **청맹과니** 겉으로 보기에는 눈이 멀쩡하나 앞을 보지 못하는 사람.

얼씨구절씨구 지화자 좋을씨구

홍문연 높은 잔치에 항우가 아무리 춤 잘 춘들

내 춤을 어찌 당하며

한고조가 말 위에서 천하를 얻을 제 칼춤을 잘 춘들

어이 내 춤 당할쏘냐?*

어화 사람들아, 아들 낳기 힘쓰지 말고 딸 낳기를 힘쓰시오.

죽은 딸 심청이를 다시 보니

양귀비가 죽었다가 다시 살아났는가?

우미인이 도로 살아서 돌아왔는가?

아무리 보아도 내 딸 심청이지.

이때 수많은 소경들도 영문도 모르고 춤을 춘다.

지화자 지화자 좋을씨고 어화 좋구나.

세월아 세월아 가지 마라.

* 중국 진나라 말기에 항우는 경쟁 상대인 유방(한고조)을 없애기 위해 홍문에서 연회를 열었다. 이
  때 항우는 신하들을 시켜 칼춤을 추게 하며 유방을 죽이려고 했다. 여기에서 '홍문연'은 '상대방을
  죽이기 위한 쟁탈전'을 의미하게 되었다.

돌아간 봄 다시 돌아오건마는,

우리 인생 한번 늙어지면 다시 젊기 어려워라.

옛글에 이르기를 '좋은 때는 만나기 어렵다'는 말은

만고* 명현* 공자, 맹자 말씀이요,

우리 인생 무슨 일 있으랴.

노래를 마치고 다시 만세를 불렀다.

그날로 황후는 심 봉사에게 예복을 입혀 임금과 신하의 예로 인사를 하고, 다시 내전에 들어가서 부녀간에 여러 해 쌓였던 회포를 풀었다. 심 봉사가 안씨 맹인의 일까지 낱낱이 이야기하니 황후께서 들으시고 비단 가마를 보내어 안씨를 모셔서 아버지와 함께 머무르게 하였다.

황제는 심학규를 부원군으로, 안씨를 정렬부인으로 봉했다. 또 장 승상 부인에게는 특별히 많은 재물을 상으로 내리시어 마을에 어려운 일을 도와주라 하시니, 도화동 사람들이 하늘 같고 바다 같은 은혜에 감사하는 소리가 온 천지에 진동했다.

* **만고** 먼 옛날.
* **명현** 이름난 어진 사람.

심
청
전

물음표로
따라가는
인문학 교실

고전으로 인문학 하기

고전을 읽으며 생겨나는 여러 질문에 답하며,
배경지식을 얻고 인문학적 감수성을 키워요.

고전으로 토론하기

고전을 다양한 시각으로 바라보며,
다르게 생각하는 힘을 길러요.

고전과 함께 읽기

함께 소개하는 다양한 작품을 통해,
인문학적 사고의 폭을 넓혀요.

고전으로 인문학 하기

● 《심청전》의 매력은 뭘까?

▲ 《심청전》을 바탕으로 한 연극이나 뮤지컬은 계속해서 만들어지고 있다.

동서양을 가리지 않고 '명작', '고전'이라고 불리는 것들은 계속 재탄생됩니다. 판소리계 소설 《심청전》도 오늘날 연극이나 뮤지컬로 계속해서 만들어지고 있지요. 《심청전》이 정말 매력적인 고전이기에 그렇겠지요?

그런데 조선 말기의 소설가 이해조(1869~1927년)는 1910년에 발표한 소설 《자유종》에서 다른 의견을 이야기했어요.

"……《춘향전》은 음탕 교과서요, 《심청전》은 처량 교과서요, 《홍길동전》은 허황 교과서라 할 것이니……."

　오늘날에도 사랑받는 고전 《심청전》이 처량 교과서라니요? 물론 심청은 일찌감치 어머니를 여의고, 밥을 구걸해 아버지를 모셨으며, 인당수에 몸을 던지는 비운을 겪었어요. 그럼 정말 《심청전》은 가엾고 초라한 여인의 이야기를 담은 '처량 교과서'인지 소설 내용을 떠올려 봐요.

　앞서 이야기했듯 심청에게 주어진 불운은 크게 둘입니다. 하나는 심청이 어려서 어머니를 잃고 가난하게 살아야 했던 것이고요, 또 하나는 아버지의 눈을 뜨게 하려고 인당수에 스스로 뛰어든 것이에요. 그런데 그때 심청은 어떻게 행동했나요? 위기가 닥칠 때마다 도망치지 않고, 스스로 해결할 방법을 마련합니다.

"아버지, 까마귀 같은 짐승도 저녁이면 먹을 것을 물어다가 제 어미를 먹인답니다. 하물며 사람이 까마귀만 못하겠어요?

……중간 생략……

오늘부터는 제가 밥을 빌어다가 끼니를 마련하겠어요." •36쪽 중에서

　어린 심청은 끼니도 제대로 때우지 못하는 아버지가 걱정되어, 직접 동냥을 하러 다니기로 해요. 헌 버선에 대님 차고, 뒤축 없는

신을 끌고, 헌 바가지 옆에 끼고 추운 겨울날 이 집 저 집 다니는 심청의 모습이 그려지나요? 가련해 보이기도 하지만, 한편으로는 삶에 대한 강한 의지가 느껴져요. 누구에게도 기대지 않고 자기 스스로 삶을 헤쳐 나가려고 했잖아요.

그럼 심청이 인당수에 빠질 위기에 놓였을 때는 어땠나요? 심청은 아버지를 위해 공양미 3백 석을 받는 대신 바다의 제물이 되기로 해요. 누구의 부탁도 아닌, 자신의 의지로 결정한 일이었지요. 심지어 장 승상 부인이 도와준다고 했을 때도 몇 가지 이유를 들어 거절합니다. 어느 누구의 도움도 바라지 않고 자신의 선택을 꿋꿋이 밀고 갔지요.

"부모를 위해 공을 올린다면서 명분 없는 재물을 바라는 게 말이 되겠습니까? 또 이미 약속을 정한 뒤에 다시 약속을 어기는 것은 못난 사람들이나 하는 짓이니 말씀은 감사하나 따르지는 못하겠습니다. 하물며 뱃사람들이 낭패를 당할 일이 뻔한데 값을 받고 몇 달이나 지난 뒤에 어떻게 쌀 3백 석을 도로 내어 주겠다 하겠습니까?" •69쪽 중에서

다행히 물에 빠져 죽을 뻔한 심청은 옥황상제와 용왕의 도움으로 황후가 되었고, 맹인 잔치를 열어 아버지의 눈을 뜨게 해 주었지요. 뒷날 아버지와 여생을 행복하게 살았고 말이에요.

《심청전》의 독자들은 이러한 결말에 환호해요. 가혹한 운명과

한판 승부를 벌여 승리한 심청에게 아낌없는 박수를 보내지요.

특이하게도 《심청전》에는 적대적인 인물이 나오지 않아요. 소설이든 영화든 악역이 있어야 재밌다고들 하는데, 《춘향전》의 변학도나 《흥부전》의 놀부처럼 주인공에 맞서는 악역을 찾아볼 수 없지요. 뺑덕 어미가 악역 아니냐고요? 하지만 뺑덕 어미는 심 봉사를 소소하게(?) 괴롭히는 역할을 할 뿐, 심청과 정면으로 맞서지는 않지요.

악역이 없는 대신 심청에겐 가혹한 운명이 놓여 있었습니다. 앞 못 보는 심 봉사와 갓난아기 심청이 이 세상에 남겨졌을 때의 심정은 어떨까요? 둘이 살아 나가기에 세상은 얼마나 벅차고 숨 가쁜 곳일까요?

《심청전》을 계속 읽게 하는 힘은 바로 여기 있어요. 어쩌면 당시 민중들은 심청을 보며 자신의 앞에 놓인 팍팍한 삶을 떠올렸을지도 모릅니다. 예나 지금이나 평범한 사람들에게 세상은 절대 녹록치 않으니까요. 그래서 언제나 용기 있었던 심청을 좋아할 수밖에 없던 것이겠지요. 심청처럼 바르게 살면 반드시 좋은 날이 올 거라는 믿음과 바람을 가졌을 거예요.

민중의 소망이 담긴 소설 《심청전》이 과연 '처량 교과서'일까요? 오히려 '희망 교과서'라고 불러야 맞지 않을까요?

● 또 다른 《심청전》이 있다고?

① 명나라 헌종이 왕의 자리에 있었을 때 남군 땅에 이름난 선비가 있었는데 그의 성은 심이요, 이름은 현이었다. 본래 크게 번창한 집안이었으나 공(公)의 대에 이르러서는 벼슬에 뜻을 두지 아니하여 당대의 이름난 선비가 되었고, 부인 정씨는 높은 가문의 딸로서 타고난 자질이 넉넉하고 용모가 아름다웠다.

심현과 정씨 부인이라니, 무슨 이야기일까요? 바로 《심청전》이랍니다. 우리가 앞서 읽었던 《심청전》의 도입부와 다르다고요? 그럼 우리 책의 도입부를 살펴봅시다.

② 송나라 말년, 황주 도화동에 심학규라는 사람이 살았다. 심학규는 대대로 벼슬을 지낸 이름난 집안 출신이었다. 그러나 형편이 점점 기울고 그의 나이 스물이 못 돼 눈마저 머니, 벼슬길은 멀어지고 살림살이는 더욱 어려워졌다. 이제 누구 하나 제대로 그를 알아주는 이 없이 그저 '심봉사'로 불리었다. ·15쪽 중에서

공간적 배경부터 인물 설정까지 많은 부분이 달라 보이지만, 분명 둘 다《심청전》이 맞아요. 명나라를 배경으로 한 ①은 '경판본'이고, 송나라 말기가 배경인 ②는 '완판본'이지요. (우리 책은 완판본을 기준으로 하고 있어요.)

그럼 '경판본'은 무엇이고, '완판본'은 또 무엇일까요?《심청전》은 판소리로 불리던 것이 소설로 정착된 '판소리계 소설'이에요. 판소리가 여러 사람을 거쳐 소설로 쓰이는 과정에서 많은 이본*이 생겨났지요. 판소리계 소설은 크게 '경판본'과 '완판본'으로 나뉘는데, 경판본은 서울에서 판각*한 책, 완판본은 전주에서 판각한 책이랍니다.

* **이본** 기본적인 내용은 같으나 부분적으로 차이가 있는 책.
* **판각** 나뭇조각에 그림이나 글씨를 새김.

큰 틀은 비슷하나 자세히 살펴보면 경판본과 완판본 사이에는 다른 점이 많아요. 예를 들어 완판본에서는 곽씨 부인의 죽음을 길게 다루며, 엄청난 비극으로 그리지요. 하지만 경판본에서 심현익 아내 정씨의 죽음은 "정씨 갑자기 병을 얻어 세상을 떠나니"라는 단 한 줄로 처리됩니다.

이 밖에도 두 판본의 차이는 많습니다. 완판본에서는 심청이 태어난 지 7일 만에 어머니를 여의지만, 경판본에서는 심청이 3살 때의 일이라고 되어 있어요. 또한 심 봉사가 맹인이 된 시기도 달라요. 경판본에서는 아내 정씨가 죽은 뒤에 눈병에 걸려 시력을 잃은 것으로 되어 있지요. 그런가 하면 심현이 물에 빠져 죽을 뻔했을 때 그를 구해 준 화주승은 이렇게 이야기합니다.

"소승은 명월산 운심동 개법당 화주승으로서, 마을에 내려와 시주를 구하느라 우연히 이곳을 지나다가 어르신을 구하였습니다. 그런데 어르신의 관상을 보니 지금은 어려우시지만 4, 5년 뒤에는 왕후장상*이 될 것이요, 따님의 영화도 천하에 으뜸이 될 것입니다. 지금 크게 시주를 하시면 따님이 귀하게 될 뿐 아니라 어르신네의 감긴 눈도 뜨일 것입니다."

화주승은 왜 굳이 심청의 미래까지 이야기했을까요? 아마도 자

* **왕후장상** 제왕·제후·장수·재상을 아울러 이르는 말로 높은 자리에 있는 사람을 뜻함.

신의 처지를 잊어버리고 공양미를 덜컥 시주하겠다는 심현의 어처구니없는 행동에 조금이나마 논리적인 개연성*을 부여하려는 의도가 아닐까요? 심현이 순전히 자신만을 위해 이기적인 행동을 한 것은 아니라는 것이지요. 경판본의 심현은 완판본의 심학규와는 달리 소심하지만 양반으로서의 품위를 잃지 않는 성격으로 나옵니다. 또한 경판본에서는 불쌍한 이웃 처녀를 위해 3백 석을 아낌없이 내주겠다는 장 승상 부인이 없으며, 악처 뺑덕 어미도 등장하지 않지요.

경판본《심청전》은 이처럼 전체적인 줄거리와 사건의 인과관계를 중요하게 생각한 듯합니다. 그래서 익살스럽고 재미나며 과장된 서술이 주를 이루는 완판본에 비하면 다소 밋밋한 측면이 있어요.

우리 책은 완판본을 대본으로 하고 있습니다. 판소리의 영향을 강하게 받은 완판본에는 경판본에 비해 다양한 인물들이 나오지요. 여기에서 심학규는 경판본의 심현보다 훨씬 적극적이고 때로는 과격한 데다 속된 인물로 그려져요. 그런가 하면 완판본에는 상엿소리나 뱃노래 등 많은 가요들도 담겨 있지요.

왜 이런 차이가 생겼을까요? 물론 서울과 전주라는 지방의 특색이 반영된 탓도 있겠지만,《심청전》을 읽는 독자층이 다양하기

* **개연성** 허구를 기본 바탕으로 하는 문학 작품에서 실제로 일어날 법한 일.

때문이기도 해요. 다양한 사람들의 요구를 반영하여 《심청전》이 여러 번 개작된 것이지요. 이본이 많다는 것은 시대와 지역을 뛰어넘어서 많은 사람들에게 꾸준히 사랑받고 읽힌다는 증거이기도 합니다.

한 걸음 더

《심청전》은 판소리 〈심청가〉에서 비롯되었다는 사실, 알고 있지요? 이번에는 판소리의 이모저모를 알려 줄게요.

판소리는 두 사람이 진행해요. 한 명은 소리를 하는 소리꾼(광대)이고 또 다른 한 명은 북으로 장단을 맞추는 고수입니다. 판소리는 노래인 창과 말을 읊는 아니리로 이루어지는데, 판소리에서 사건이 고비를 맞을 때 소리꾼은 창으로 극적 긴장감을 한층 끌어 올려요. 창과 창 사이, 쉬어 가는 시간에는 일상적인 어투의 아니리로 이야기를 이어 가지요. 창과 아니리, 그러니까 소리와 이야기를 번갈아 함으로써 소리꾼은 관객을 자신의 이야기 속에 한껏 끌어들였다가는 풀어 주고, 풀어 주었다가는 다시 몰입시킨답니다. 마치 영화나 드라마에서 긴장과 이완이 반복되듯이 말이에요.

소리꾼의 상대역인 고수는 북장단과 함께 "얼씨구", "좋다", "잘한다" 등의 추임새를 넣곤 해요.

ⓒbenegin

소리꾼이 신명이 나서 소리에 더욱 몰입할 수 있도록 힘을 실어 주는 것이지요. 이렇게 해서 판소리 한 편을 다 부르는 데에는 적게는 3~4시간에서 많게는 8~9시간 가까이 걸린다고 해요. 한 번에 구

▲ 명창 안숙선의 판소리 장면

경하기엔 너무 길지요? 그래서 판소리는 완창을 하기보다는 그때그때 관객의 성향에 따라, 또 상황이나 분위기에 맞춰 흥미 있는 대목을 들려주는 방식을 취해요. 이 과정에서 소리꾼이 잘하는 부분은 길게 늘이고, 독자의 호응이 없는 부분은 걸러 내고는 했지요.

● 정말로 산 사람을 제물로 바쳤을까?

《심청전》의 절정은 심청이 인당수에서 뛰어내리는 장면일 거예요. 공양미 3백 석 때문에 용왕의 제물이 되어야 했던 심청의 심정은 헤아릴수록 먹먹하지요.

그런데 말이에요, 정말로 사람을 제물로 바치는 일이 있었을까요? 설마 그런 일이 있었을까 싶다고요? 안타깝고 무시무시하지만

정말로 그런 일이 있었던 것 같아요. 2017년 경주의 한 성벽 유적지에서 사람 유골이 발견되었다고 하는데요, 이를 근거로 학자들은 신라 시대 성벽을 쌓을 때 사람을 제물로 바쳤을 것이라고 추측했어요. 오래전에 있었던 순장 풍습도 죽은 사람을 위해 산 사람을 제물로 바치는 것이었지요.

사람을 제물로 바친 이야기는 전 세계에 걸쳐 골고루 나타나요. 기독교의 구약 성경에는 아브라함이 아들 이삭을 제물로 바치는 이야기가 나와요. 또 그리스 신화에 나오는 영웅 테세우스는 사람들을 잡아먹는 괴물 미노타우로스를 죽이고, 제물로 바쳐졌던 아테네의 소년 소녀들을 구하지요. 그런가 하면 영웅 페르세우스는 바다 괴물의 먹이가 될 위기에 처한 안드로메다를 구출하여 그녀와 결혼해요. 모두 산 사람을 제물로 바쳤던 '인신공희' 이야기랍니다.

◀ 영국의 화가 윌리엄 블레이크 (1757~1827년) 가 그린 괴물 미노타우로스.

인신공희 이야기는 《심청전》의 주요 모티프입니다. 모티프란 이야기를 구성하는 중요한 요소를 말해요. 하늘의 자손이라든지, 알에서 태어난다든지, 처녀가 제물로 바쳐진다는 이야기는 각각 하나의 모티프랍니다.

우리나라 설화에도 인신공희 이야기가 많은데 '거타지 설화'도 그중 하나예요.

신라 제51대 진성 여왕 때 여왕의 아들 양패가 활을 잘 쏘는 궁사 50명과 함께 당나라에 사신으로 가게 되었다. 배가 곡도라는 섬에 이르렀을 때, 풍랑 때문에 꼼짝도 못 하게 되어 양패가 제사를 지내도록 시켰다. 그날 밤 양패의 꿈에 한 노인이 나타나, 섬에 궁사 한 사람을 남겨 두고 가면 문제가 없을 것이라 말했다. 곧 사람들은 나무 조각 50개에 각각 이름을 써서, 물에 가라앉는 것으로 제비를 뽑기로 했다.

군사 중에 거타지라는 자의 나무 조각이 내려앉아서 그를 섬에 두고 가기로 했다. 거타지가 섬에 홀로 남아 근심하고 있는데, 한 노인이 연못 속에서 나타나 자신이 서해의 용왕이라 했다. 노인은 매일 해 뜰 때마다 하늘에서 중 한 명이 내려와 노인 자손의 간과 창자를 빼내 먹어 치운다며 도와 달라고 간절히 부탁했다. 다음 날 거타지가 중에게 활을 쏘았고, 중은 늙은 여우로 변하여 땅에 떨어져 죽었다. 노인은 고맙다며 자기 딸을 꽃 한 송이로 만들어 거타지의 품속에 넣어 주었다.

거타지는 다시 당나라로 향했다. 당나라 왕은 거타지에게 금과 비단을 후하게 내렸고, 노인이 준 꽃은 아리따운 여인이 되어 거타지와 함께 행복하게 살았다.

어디서 많이 본 이야기 같지 않나요? 사람이 제물이 되어 남겨졌다는 부분이나 꽃이 사람이 되었다는 점이 《심청전》과 비슷하지요? 《심청전》은 여러 설화에 힘입어 만들어졌어요. 특히 거타지 설화처럼 소설의 골격이 된 설화들을 '근원 설화'라고 해요. 《심청전》의 근원 설화에는 거타지 설화뿐만 아니라 태몽 설화(부모가 특이한 꿈을 꾸고 주인공을 낳음), 효행 설화(극진한 효도로 기적이 생김), 재생 설화(죽은 사람이 다시 살아남), 개안 설화(장님이 눈을 뜸) 등이 있답니다.

● 심청의 목숨값은 얼마일까?

심청이 인당수에 몸을 던져 받은 돈은 공양미 3백 석이었어요. 공양미 3백 석은 꽃다운 나이인 심청의 목숨값인 셈이지요. 그런데 3백 석이 얼마나 큰돈이기에 화주승이 눈을 뜨게 해 주는 대가로 요구했던 걸까요?

정확히 그 액수를 알기는 힘들지만, 부피의 단위인 '석(石)'은 우리말로는 '섬'이라고 하는데요, '섬'은 곡식 10말을 가리키는 부피의 단위로도 쓰여요. 쌀 한 섬의 무게는 144킬로그램 정도지요. 오늘날 쌀 20킬로그램의 가격을 4만 원으로 친다면, 공양미 3백 석의 가치는 대략 8~9천만 원 정도가 되지요.

하지만 3백 석의 가치는 당시에 훨씬 높았을 것으로 예상돼요. 《심청전》이 쓰일 당시 쌀은 화폐의 역할을 할 만큼 값어치 있었으니까요.

조선 시대 정1품은 1년에 1백 석 정도를 녹봉으로 받았다고 해요. 정1품이라면 영의정이나 좌의정, 우의정에 해당하는데, 오늘날로 치면 국무총리 정도의 매우 높은 벼슬입니다. 《심청전》에서 남경 상인들은 평범한 여인의 목숨을 사기 위해 제일 높은 벼슬아치들 연봉의 몇 배나 되는 돈을 지불한 셈이에요.

생각해 보면 남경 상인들이 그렇게 막된 사람들 같지는 않습니다. 상인들은 심청이 죽고 나면 먹고살기 어려울 심 봉사를 걱정하여 쌀과 돈을 더 내놓았고 신경 써 주었지요. 어쩌면 그들은 산 사람을 제물로 바친다는 죄의식 때문에 큰돈을 치르려고 했을지도 모릅니다.

한 걸음 더 사람의 목숨값을 따질 수 있을까?

《심청전》에서 심청의 목숨값은 공양미 3백 석이지요. 그런데 오늘날에도 사람의 목숨값을 매기는 일이 있을까요? 무엇보다 소중한 인간의 생명에 목숨값을 따질 수는 없지만, 교통사고라든지 산업 재해, 사고로 사람이 사망했을 때는 보상금을 산정합니다. 보상금도 어찌 보면 '목숨값'이라고 할 수 있겠지요. 그런데 보상금은 개개인에 따라, 또한 한 나라의 경제 수준이나 생명에 대한 사회의 의식에 따라 달라집니다.

'가습기 살균제 사건'은 이를 보여 주는 좋은 예입니다. 가습기 살균제 사건이란 사람이 호흡할 때 들이마시면 위험한 물질이 우리나라에서 가습기 살균제로 버젓이 판매되어, 노인, 어린이를 비롯한 수천 명의 사람들이 원인 모를 폐 질환으로 고생하고 천여 명이 목숨을 잃은 사건이지요. 2011년에 사고 원인이 밝혀진 뒤로 시민 단체들이 줄지어 고소를 했어요. 하지만 2017년 1월에야 치러진 1심 재판에서 재판부는 제조사들에게 벌금 1억 5천만 원씩을 선고했을 뿐입니다. 수많은 사람들

▲ 옥시 가습기 살균제 피해자 가족과 관련 모임의 회원들이 옥시 회사 앞에서 집회를 열고 있다.

의 건강을 해치고 생명을 앗아 간 것
에 대한 벌금으로는 정말 말도 안 되
는 적은 금액입니다.

해외의 경우는 어떨까요? 1970년대 미
국에서 불티나게 팔리던 소형차 포드 핀토 사
건을 들 수 있습니다. 이 자동차는 연료통이 뒤
편에 장착되어 있어서, 다른 차가 뒤에서 들이받

▲ 1973년식 포드 핀토

았을 때 폭발할 가능성이 있었지요. 이러한 문제는 대당 11달러의 적은 비용을 들
이면 해결할 수 있었지만, 포드 사는 아무런 조치도 취하지 않고 원래의 설계대로
차를 내놓았어요.

왜 그렇게 했냐고요? 사고가 났을 때 들 것으로 예상되는 보상 비용이 설계를 변
경하는 데 드는 비용보다 훨씬 적게 들었기 때문이지요. 설계 결함으로 피해를 입
은 사람들에게 보상할 것으로 예상되는 총 금액이 5천만 달러 정도였는데, 설계를
변경하는 데 드는 비용은 1억 3천만 달러가 넘었다고 해요. 포드 사는 사람의 목숨
보다는 이윤을 극대화하는 쪽을 택했지요.

이 사실을 알게 된 배심원들은 격분했고, 포드 사에게 300만 달러의 손해 배상과
함께 1억 2500만 달러의 '징벌적 배상'을 선고했지요. 사람의 목숨은 아랑곳하지
않고 오직 이윤만 추구하려는 회사에 많은 벌금을 부과한 셈이에요.

사람의 목숨을 값으로 따질 수는 없지만, 이런저런 이유로 어느 정도 계산되는 것
이 현실이에요. 그렇지만 이윤만을 추구하는 일부 기업의 행태는 먼 옛날 심청을
제물로 바친 뱃사람들보다 더 비도덕적으로 보여요. 사람의 목숨이 단지 얼마의 돈
으로 치부되지 않도록 정부와 우리 모두 주의 깊게 살펴보아야 할 것 같습니다.

고전으로 토론하기

● 부모를 위해 목숨을 버린다고?

생각 주제 열기

《심청전》은 언뜻 보면 말도 안 되는 이야기 같아요. 바다에 빠진 심청이 용궁에 갔다가 다시 살아 나오는 것만 봐도 그렇지요. 하지만 다르게 생각하면 《심청전》은 조선 시대 쓰인 '판타지 소설'이라고 할 수 있습니다. 가만히 살펴보면 《심청전》에도 〈매트릭스〉나 〈아바타〉 같은 영화에서 볼 수 있는 판타지적인 요소가 많이 숨어 있지요.

《심청전》은 이렇듯 흥미진진한 줄거리를 갖춘 데다가, 우리에게 생각거리를 던져 주기도 해요. 그것은 바로 '효'이지요. 아르볼 중학교에서는 《심청전》과 '효'를 주제로 이야기가 한창이에요. 토론 현장을 들여다볼까요?

심청은 철없는 십 대? 주체적인 여성?

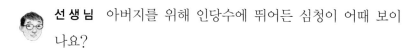

선생님 아버지를 위해 인당수에 뛰어든 심청이 어때 보이나요?

솔지 대단해요! 저라면 절대 그렇게 못 했을 것 같아요.

기태 선생님, 그런데 전 심청이 좀 철없어 보여요. 심청이 화주승의 말만 믿고 성급하게 인당수에 뛰어들기로 결정한 것 같거든요. 어린 나이에 잘못된 판단을 한 거지요.

솔지 심청이 어린 나이라고? 그 시대에는 십 대가 애를 낳아도 전혀 이상하지 않았는걸? 나는 심청이 상당히 신중하고 결단력이 있었다고 생각해.

선 생 님 그래요? 왜 그렇게 생각하나요?

솔 지 심청은 예닐곱 살밖에 안 되는 어린 나이에 이미 아버지의 끼니를 챙길 만큼 어른스러웠어요. 또한 공양미 3백 석에 팔려 간 입장이었을 때 도리어 아버지를 챙겼지요. 이런 모습을 보면 심청의 마음 씀씀이가 넓다는 걸 알 수 있지요.

선 생 님 그런 면을 보면 심청이 철없는 건 아니군요.

솔 지 네. 게다가 심청은 쌀 3백 석을 대신 내주겠다는 장 승상 부인의 말을 조리 있는 말로 거절했어요. 어른 앞에서 당당하게 자신의 주장을 펴는 걸 보면, 심청의 생각이 깊은 것 같아요.

선 생 님 솔지는 심청의 행동이 충동적이거나 분별없던 것은 아니라고 생각하는군요.

솔 지 네. 오히려 스스로 판단하고 결심하여 행동하는 주체적인 여성이라고 봐요.

기 태 하지만 심청이 정말로 속이 깊었다면 심 봉사 입장에서도 한번 생각했어야 해요. 자식을 죽인 대가로 눈을 뜨고 싶은 부모가 어디 있겠어요? 설사 심 봉사가 눈을 떴다고 해도 평생을 죄책감 속에서 살 게 뻔하잖아요.

선 생 님 기태는 심 봉사, 즉 부모의 입장에서 생각하는군요.

기 태 네. 남겨진 심 봉사를 생각한다면 심청을 무조건 칭찬할 수는 없어요. 심청 때문에 심 봉사가 사람들의 손가락질을 받을 수도 있다고요. 그리고 심청이 그렇게 죽으면 심 봉사는 누가 돌봐 주나요?

선 생 님 하긴 심청이 없으면 심 봉사는 아무것도 할 수가 없었죠.

기 태 네. 심 봉사를 옆에서 평생 돌봐 드리는 게 진정한 효도 아닐까요?

선 생 님 음, 기태와 솔지의 주장 둘 다 일리가 있는 것 같아요. 오늘날의 관점에서 바라보면 심청의 행동을 두고 각기 생각이 다를 수 있지요.

심청은 효녀일까?

선 생 님 이번에는 《심청전》이 쓰인 '조선 시대'를 기준으로 하여 한번 생각해 볼까요? 오늘날 우리 시각이 아니라 조선 시대 사람들의 시선에서 심청이 효녀인지 살펴보는 거예요.

기 태 좋아요!

솔 지 저도요!

선 생 님 알다시피 조선 시대는 유교를 근본이념으로 삼고, 충과 효를 중요시했지요.

기 태 그렇다면 더더욱 심청은 효녀가 아니에요. 제가 도서관에서 책을 좀 찾아봤는데요, 심청의 행동은 조선 시대의 윤리관과도 맞지 않아 보여요.

솔 지 조선 시대의 윤리관?

기 태 응, 옛사람들은 부모님이 주신 거라면 머리카락 한 올도 함부로 하지 않았지. 조선 후기에 강제로 머리를 자르라는 단발령을 내리자, 많은 사람들이 '차라리 내 목을 치라'고 했다잖아.

선 생 님 공자는《효경》에서 '부모로부터 받은 몸을 소중히 하는 게 효도의 시작'이라고 했지요. 이렇게 보면 심청은 효녀가 아닌 걸까요?

©연합뉴스

기 태 네. 저는 조선 시대 관점으로 봐도 심청을 효녀로 볼 수 없다고 생각해요.

솔 지 선생님, 그렇지만《삼강행실도》같은 책은 자식이 부모를 위해 희생하여 효를 실천한 이야기를 담고 있는걸요.

선 생 님 솔지도 열심히 조사해 왔군요.

솔 지 분명 그 책에는 심청처럼 희생정신이 뛰어난 효자의 이야기가 많이 실려 있어요. 이러한 기준에서 보면 심청은 효녀지요.

▲《삼강행실도》는 글을 모르는 사람들을 위해 그림을 함께 넣었다.

기 태 선생님, 《삼강행실도》는 어떤 책인가요?

선 생 님 《삼강행실도》는 후대 사람에게 모범이 될 만한 효자와 열녀, 충신들의 이야기를 모은 일종의 윤리, 도덕 교과서예요. 세종 때 김화라는 사람이 아버지를 살해하는 사건이 일어나, 충과 효를 중요시하는 조선이 발칵 뒤집어진 적이 있었지요. 이때 나라는 김화를 엄벌에 처하는 동시에 효행을 널리 알릴 책을 만들어야겠다고 생각하고 《삼강행실도》를 펴냈지요.

솔 지 《삼강행실도》에는 몹쓸 병에 걸려 자꾸 쓰러지는 아버지의 병을 고치기 위해 손가락을 자른 효자 이야기, 죽어 가는 시어머니를 위해 허벅지를 베어 낸 효부의 이야기도 실려 있어요. 내용이 좀 부담스럽긴 하지만, 어쨌든 심청의 행동과 크게 다르지 않지요.

기 태 와, 정말 헷갈리네요. 조선 시대를 기준으로 해도 심청이 효녀인지에 대해서는 의견이 분분하겠어요.

솔 지 그러게요, 정말 헷갈려요.

기 태 이쯤 되면 심청은 효녀이기도 하고, 효녀가 아니기도 한 것 아닐까요?

《심청전》을 다르게 생각해 보자고?

솔 지 선생님, 제 머릿속이 점점 복잡해지고 있어요!

기 태 저도요!

선 생 님 하하, 사실 심청이 효녀인지 아닌지 답이 정해져 있는 건 아니에요. 사람마다 관점이 다르니까요. 그보다 저는 《심청전》을 조금 다르게 읽어 보고 싶군요. 여러분은 이 소설의 주제가 무엇이 라고 생각하나요?

솔 지 《심청전》의 주제는 역시 '효도' 아닐까요?

기 태 맞아요.

선 생 님 그런데 오히려 이 소설은 효도를 권장하는 것이 아니라, 진정한 효는 무엇인지에 대한 의문을 던지고 있는지도 몰라요.

솔 지 음, 무슨 뜻인지 잘 모르겠어요.

선 생 님 그럼 여러분이 잘 아는 《토끼전》을 예로 들어 볼까요?

기 태 《토끼전》이라면, 용왕을 위해 토끼의 간을 가져오려는 자라 이야기잖아요.

선 생 님 맞아요. 그런데 조선 시대 사람들은 《토끼전》을 읽고 무슨 생각을 했을까요?

솔 지 졸지에 죽게 된 토끼가 불쌍하다……?

기 태 결국 용궁을 탈출한 토끼가 똑똑하다!

선생님 그럼 자라는요? 목숨을 바쳐 용왕에게 충성한 자라가 멋 있다고 여겼을까요?

솔 지 에이, 그런 사람은 별로 없었을 것 같아요.

기 태 오히려 자라가 어리석다고 생각했을 것 같아요. '저렇게까지 해서 용왕에게 충성해야 해?' 하는 반발심도 들었을 것 같고요.

선생님 그렇습니다. 분명 《토끼전》은 자라의 맹목적이고 어리석 은 충성심을 꼬집고 있어요. 즉 겉으로는 '충'을 강조하고 있는 것 처럼 보이지만, 사실은 너무나 어리석은 자라의 모습을 그려 냄으 로써 사람들에게 진정한 '충'이 무엇인지 묻고 있지요.

솔 지 오, 그렇게 생각할 수 있네요!

선생님 이번에는 《심청전》에 대해 질문할게요. 여러분은 공양미 3백 석을 절에 바치려고 목숨을 내던진 심청을 보면서 어떤 생각 이 들었나요?

기 태 솔직히 물에 빠져 죽겠다고 고집을 부리는 심청을 이해할 수 없었어요. 장 승상 부인이 도와준다는데도 죽는다니 좀 이상했지 요.

선생님 좀처럼 쉽게 받아들일 수 없는 심청의 행동은 독자로 하 여금 질문을 하게 만들지요. '저런 무모한 행동이 과연 진정한 효 도인가?' 하고 말이에요.

솔 지 아하! 《토끼전》과 《심청전》은 각각 '충'과 '효'를 주장하는 것

처럼 보이지만, 사람들로 하여금 진정한 '충'과 '효'가 무엇인지에 대해 의문을 던지게 하는 거군요.

기 태 그런데 왜 겉으로는 '충'과 '효'를 내세웠을까요?

솔 지 조선 시대니까 그렇겠지. 아무래도 양반의 심기를 거스르면 안 되니까.

선 생 님 맞아요. 당시 근본이념인 '충'과 '효'를 대놓고 반대할 수는 없지요. 하지만 《심청전》이 쓰일 조선 후기에는 분명 변화의 흐름이 일고 있었어요. 임진왜란, 병자호란을 거치면서 유교적인 이념

보다 먹고사는 문제가 중요해졌고, 신분 제도도 흔들렸지요. 《토끼전》이나 《심청전》은 이러한 사회적 분위기 속에서 탄생한 고전 소설이랍니다.

솔 지 와, 어렵지만 이해할 수 있을 것 같아요.

기 태 《심청전》은 단순히 효에 관한 이야기라고 생각하고 있었는데, 새로워요!

솔 지 다른 고전을 읽을 때도 다양한 시각에서 살펴봐야겠어요!

선 생 님 하하, 좋아요.

고전과 함께 읽기

《심청전》과 함께 보면 좋은 영화나 책 등을 소개합니다. 다양한 작품을 통해 고전 이해의 폭을 넓히고 재미를 느껴 보길 바랍니다.

소설 《난장이가 쏘아 올린 작은 공》 영희는 현대판 심청?

《심청전》은 행복한 결말로 마무리됩니다. 하지만 심청이 오늘날 태어났다면 어떨까요? 장애가 있고, 찢어지게 가난한 아버지의 딸이라면요? 이와 관련해 함께 읽어 보면 좋은 소설이 있는데요. 바로 현대 소설《난장이가 쏘아 올린 작은 공》이랍니다.

《난장이가 쏘아올린 작은 공》은 1975년부터 1978년까지 발표된 12편의 연작 소설(한 작가가 같은 주인공의 단편 소설을 여러 편 써서

하나로 만든 소설)을 묶은 소설집이에요. 초판이 나온 지 39년 만인 2017년에는 무려 300쇄를 찍었다고 해요. 우리 문학사에서 찾아보기 힘든 진기록을 세운 작품이자 이제는 고전이라고 불릴 만한 소설이지요.

이 책을 소개하는 이유는 여기 '현대판 심청'이라고 할 만한 등장인물이 나오기 때문이에요. 그녀는 바로 '영희'예요. 영희는 어머니, 아버지, 두 오빠와 함께 살았어요. 영희 가족이 사는 곳은 낙원구 행복동이지만 그들의 삶은 행복과는 거리가 멉니다. 집안이 대대로 가난했던 데다가 영희의 아버지는 기형적으로 키가 작은 '난장이(소설이 나온 얼마 뒤에 '난장이'는 '난쟁이'로 표기하도록 맞춤법이 바뀌었지요.)'였거든요. 난쟁이네 다섯 가족은 인쇄소에서, 철공소에서, 그리고 슈퍼마켓에서 열심히 일하지만 팍팍한 삶에서 조금도 벗어날 수가 없었지요.

그러던 어느 날, 주택 재개발 사업이 벌어지면서 난쟁이 가족이 사는 집이 헐리게 돼요. 집을 헐고 새로 지은 아파트에 들어가려면 많은 돈이 필요하지만 난쟁이 가족에게 그만한 돈이 있을 리 없었지요. 입주권을 팔아 세를 들어 있던 건넛방 사람들에게 겨우 보증금을 돌려주고 나니 한 푼도 남지 않았어요.

집이 가족들에게 얼마나 소중한지 잘 알고 있었던 영희는 무작정 입주권을 산 남자를 찾아가요. 그런 영희에게 남자는 돈을 주겠다며 같이 살자고 제안하지요. 가족에게 집을 되찾아 주고 싶었던 영희는 그렇게 돈 많은 남자를 따라갑니다.

어때요?《심청전》의 심청과《난장이가 쏘아 올린 작은 공》의 영희가 겹치지 않나요? 심 봉사는 난쟁이인 아버지 김불이에, 공양미 3백 석은 아파트 입주권에 빗댈 수 있지요. 착하고 예쁜 영희는 현대판 심청이라고 할 수 있고요.

하지만 현대판《심청전》의 결말은 해피 엔딩이 아닙니다. 영희가 남자의 금고에서 아파트 입주권을 훔쳐서 급히 집으로 돌아갔을 때, 영희의 아버지는 이미 공장의 굴뚝에서 떨어져 버린 뒤였어요. 아버지는 세상을 살아갈 힘을 잃고 스스로 목숨을 끊었던 것이지요.

《난장이가 쏘아 올린 작은 공》은 산업화* 과정에서 생겨난 문제점과 빈민층 노동자들의 암울한 삶을 잘 드러내 우리 사회에 큰 충격을 주었습니다. 용궁과 같은 판타지가 사라진 현실은 그야말로 비극적이었던 것입니다.

《심청전》을 새롭게 해석한 현대 소설은 많답니다. 최인훈의 희곡 〈달아 달아 밝은 달아〉나 황석영의 《심청》은 배에 탄 심청이 몸을 팔며 외국을 전전하게 된다는 설정을 했습니다. 이는 냉혹한 현실을 반영한 것일 테지요.
《심청전》의 심청이 모든 고난을 이겨 내고 행복을 얻었듯이 '현대판 심청'도 행복해질 수는 없을까요? 《난장이가 쏘아 올린 작은 공》의 난쟁이 가족처럼 위기에 놓인 수많은 이들을 누가, 어떻게 도울 수 있을까요?

영화 〈**미녀와 야수**〉 사랑과 용기로 행복을 찾다

이번에는 심청과 견줄 만한 영화 속 주인공을 소개할게요. 심청만큼이나 주체적이고 용기 있는 인물, 영화 〈미녀와 야수〉의 미녀 벨입니다.

* **산업화** 농업을 주로 하는 전통 사회가 공업 생산을 바탕으로 하는 사회로 변화하는 것.

▲ 영화 〈미녀와 야수〉의 포스터

〈미녀와 야수〉는 벨이 진정한 행복을 찾아 가는 여정을 다룬 영화예요. 프랑스 지방의 전래 동화를 원작으로 하여 각색된 애니메이션이지요. 2017년에는 유명한 영화배우 엠마 왓슨이 주연을 한 실사 영화가 개봉했답니다.

〈미녀와 야수〉의 줄거리는 너무나 유명하지요. 아리따운 벨은 아버지와 둘이서 소박하고 행복하게 잘 살고 있었는데요, 어느 날 아버지가 행방불명됩니다. 알고 보니 아버지는 저주에 걸린 왕자, 그러니까 야수가 사는 성에 갇혀 버렸던 것이지요. 벨은 아버지를 찾아 성으로 가고, 그곳에서 야수에게 당당히 '아버지 대신 내가 갇히겠다'고 말합니다. 그때부터 벨과 야수는 성에서 함께 머무르게 되었지요.

처음에 성에서 도망치려고 했던 벨은 점차 야수의 따뜻한 마음씨를 알게 되어 마음을 열어요. 나중에 야수는 멋있는 왕자로 변신하고 야수와 벨은 행복하게 산다는 이야기입니다.

심청과 벨, 둘 사이에는 어떤 공통점이 있을까요? 먼저 둘이 처한 환경이 비슷해요. 심청과 벨 모두 어머니 없이 자랐고, 자신을 정성껏 돌봐 준 아버지에 대한 고마움을 갖고 있다는 점도 닮았지요. 벨은 어머니 없이 자신을 키워 주고 지켜 준 아버지에게 늘 감사하고 있었어요.

이렇듯 소중한 아버지를 지키기 위해 벨은 위험을 마다하지 않아요. 아버지가 야수의 성에 갇혔을 때 한 치의 망설임도 없이 감옥으로 걸어 들어간 거예요. 《심청전》의 심청 역시 아버지의 눈을 뜨게 하기 위해 인당수에 뛰어들었지요. 당찬 성격이 아니라면 자신이 결심한 대로 밀고 나갈 수 없었을 거예요.

마침내 수많은 어려움을 극복하고 심청과 벨은 행복을 맞아요. 심 봉사는 앞을 볼 수 있게 되었고 벨은 아버지를 구했지요. 또한 둘은 사랑하는 사람을 만나 오래오래 행복하게 살았어요. 심청과 벨의 고운 마음과 용기는 그들의 인생을 행복으로 이끌었답니다.

《세상에 버릴 사람은 아무도 없다》

조선의 장애인은 어떻게 살았을까?

《심청전》에서 심 봉사 가족은 하루하루 힘들게 살아가요. 시각 장애인인 심 봉사가 자식을 키우며 살아가기란 쉬운 일이 아니었을 테지요.

그런데 심 봉사를 비롯한 장애인들은 실제로 조선 시대에 어떤 삶을 살았을까요? 오늘날에는 각 나라마다 장애인을 위한 복지 제도가 마련되어 있는데, 옛날에도 그런 게 있었을까요?

이번에 소개할 정창권 교수의 책 《세상에 버릴 사람은 아무도 없다》는 조선 시대 장애인의 삶을 다루고 있답니다. 어른들이 읽는 두꺼운 책이지만 담고 있는 내용이 흥미로워요. 조선 시대 장애인이 어떻게 살았으며 나라가 장애인을 위해 어떤 정책을 펼쳤는지 나와 있지요.

책에 따르면 다행히 조선 시대에도 장애인을 위한 여러 제도가 마련되어 있어서 장애인에게 몇몇 혜택을 주었지요. 부역*을 면제했으며, 죄를 저지른 경우에도 감형해 주었고, 역모 죄가 있더라도 장애인은 가족에게까지 책임을 물리는 연좌제에서 제외했어요.

---

* **부역** 나라에서 백성에게 대가 없이 의무적으로 시키는 노동.

시각 장애인의 경우는 어떨까요? 조선 전기에 나라에서는 맹인 단체인 '명통시'를 세워 시각 장애인을 지원했어요. 또한 '관현맹인' 제도를 두어 관현악을 연주하는 시각 장애인에게 벼슬과 녹봉을 주었지요.

　　책에서는 역사에 이름을 남긴 조선 시대의 장애인에 대해서도 이야기해요. 조선 초기에 명재상으로 이름을 날린 허조는 어깨와 등이 구부러진 척추 장애인이었어요. 조선 초기 문인 권절은 태어날 때부터 두 손의 여덟 손가락이 모두 붙어 있는 기형을 갖고 있었지요. 권절은 장애를 극복하고 과거에 급제하여 단종 때 홍문관 교리에 이르렀다고 해요. 그런가 하면 조선 중기의 학자 조성기 역시 척추 장애인이었지요. 그는 20살 때 말에서 떨어져 장애를 갖

게 되었답니다. 조성기는 어려운 상황에서도 학문을 포기하지 않았고, 나라는 그에게 벼슬을 내렸어요.

책의 제목인 '세상에 버릴 사람은 아무도 없다'는 한국의 3대 악성(뛰어난 음악가)으로 추앙받는 문신 박연이 한 말이에요. 그는 관현맹인이 여전히 먹고살기 어렵다는 점을 세종에게 하소연하며 이렇게 말했지요. 이 말은 장애인이든 비장애인이든 모든 사람은 가치 있는 존재이며 또 자신의 가치를 실현할 능력을 가지고 있다는 의미를 담고 있습니다. '세상에 버릴 사람은 아무도 없다'는 말은 예나 지금이나 진실로 맞는 말입니다.

《세상에 버릴 사람은 아무도 없다》의 필자는 심청이 진정한 효녀인지에 대해서 의문을 가져요. 심청이 생계를 꾸리는 일부터 집안일까지 모두 도맡았는데, 이것이 과연 심 봉사를 위한 일이냐는 거예요. 필자는 이런 행동이 오히려 열심히 살고자 하는 심 봉사의 의지를 꺾을 수도 있다고 말해요. 분명 심 봉사도 남보다 잘하는 일이 있었을 것이란 말이지요.

이쯤에서 오늘날 장애인을 위한 여러 정책들에 대해서 고민해 보게 돼요. 장애인도 자신의 능력을 마음껏 펼칠 수 있는 사회를 만드는 것 그리고 정당한 대우를 받을 수 있도록 하는 것. 정말 시급하고도 중요한 일 아닐까요?

물음표로 따라가는 인문고전 05

(심청전) 부모를 위해 나를 버린다고?

ⓒ 문재용 김호랑, 2017

1판 1쇄 발행일 2017년 8월 21일 | **1판 3쇄 발행일** 2020년 5월 20일

글 문재용 | **그림** 김호랑
펴낸이 권준구 | **펴낸곳** (주)지학사
본부장 황홍규 | **편집장** 박미영 | **팀장** 김은영 | **편집** 전해인 문지연 김솔지
디자인 최지윤 | **제작** 김현정 이진형 강석준 방연주 | **마케팅** 송성만 손정빈 윤술옥 이예현
등록 2010년 1월 29일(제313-2010-24호) | **주소** 서울시 마포구 신촌로6길 5
전화 02.330.5297 | **팩스** 02.3141.4488 | **이메일** arbolbooks@naver.com
ISBN 979-11-6204-001-0 44810
ISBN 979-11-85786-85-8 44810 (세트)
잘못된 책은 구입하신 곳에서 바꿔 드립니다.

이 도서의 국립중앙도서관 출판예정도서목록(CIP)은 서지정보유통지원시스템 홈페이지(http://seoji.nl.go.kr)와
국가자료종합목록 구축시스템(http://kolis-net.nl.go.kr)에서 이용하실 수 있습니다.(CIP제어번호: CIP2017018673)

 제조국 대한민국 **사용연령** 10세 이상
KC마크는 이 제품이 공통안전기준에 적합하였음을 의미합니다.

 지학사아르볼 아르볼은 '나무'를 뜻하는 스페인어. 어린이들의 마음에
담긴 씨앗을 알찬 열매로 맺게 하는 나무가 되겠습니다.
홈페이지 www.jihak.co.kr/arb/book | **포스트** post.naver.com/arbolbooks
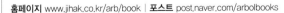